本色文丛·柳鸣九　主编

春天的残酷

——谢大光散文精选

谢大光／著

海天出版社（中国·深圳）

图书在版编目（CIP）数据

春天的残酷：谢大光散文精选 / 谢大光著 .
— 深圳：海天出版社，2016.6
（本色文丛）
ISBN 978-7-5507-1586-8

Ⅰ. ①春… Ⅱ. ①谢… Ⅲ. ①散文集－中国－当代
Ⅳ. ①I267

中国版本图书馆CIP数据核字（2016）第057697号

春 天 的 残 酷
CHUNTIAN DE CANKU

深圳出版发行集团
海 天 出 版 社

出 品 人　聂雄前
责任编辑　曾韬荔
责任技编　蔡梅琴
装帧设计　深圳斯迈德设计
Smart 0755-83144228

出版发行　海天出版社
地　　址　深圳市彩田南路海天大厦（518033）
网　　址　www.htph.com.cn
订购电话　0755-83460293（批发）0755-83460397（邮购）
印　　刷　深圳市新联美术印刷有限公司
开　　本　787mm×1092mm　1/32
印　　张　8.5
字　　数　145千
版　　次　2016年6月第1版
印　　次　2016年6月第1次
定　　价　35.00元

　　谢大光，山西临猗人，长期生活在天津。习工，从军，后供职出版社。曾任《小说家》主编、《散文海外版》主编、百花文艺出版社副总编辑。

　　从事散文期刊和散文书籍编辑工作三十余年。参与创办《散文》月刊，主持编辑《中外散文选萃》及"外国名家散文丛书"、"世界散文名著丛书"、"世界经典散文新编丛书"、"新世纪人文译丛"等，计百余种。

　　偶有散文作品，结为《落花》《流水》二集。另有《谢大光散文》《谢大光序跋》出版。

总序一

深圳市海天出版社似乎颇有点"散文随笔情结"，前些年，他们请季羡林先生主编了一套"当代中国散文八大家"丛书，效果甚好。于是，他们再接再厉，又策划出新的书系"世界散文八大家"。可惜此时季老先生已经仙逝，他们只好退而求其次，请柳某出面张罗。此"世界散文八大家"，召集实不易，漂洋过海，总算陆续抵岸。接着，海天出版社又策划了一套新的文丛，以现今健在的著名文化人的散文随笔为内容。大概是因为柳某与海天出版社有过愉快的合作，自己也常写点散文随笔，又身居"人杰地灵"的北京，便于"以文会友"，于是，他们又要柳某出面张罗。这便是这套书系产生的来由。

什么是散文随笔？前几年，一位被尊为大师的权威人士曾斩钉截铁地谓之为"写身边琐事"。我曾努力去领悟其要义，但就自己有限的文化见识，总觉得这个定义似乎不大靠谱。就"身边"而言，散文随笔的确多写与自己有关的人或事，但远离自己的人与事入文而成经典散文者实不胜枚举；就"琐事"而言，散文随笔写人写事的确讲究具体而入微，见微知著，以小见大。但以经国大业、社稷宏观、高妙艺文、深奥哲理为内容的名篇也常见于史册。不难看出，对于散文随笔而言，"题材不是问题"，任何事物皆可入散文，凡心智所能触及的范围与对象，无一不可成就散文也。故此，窃以为个人心智倒是散文的核心成分。

那么，究竟何谓散文呢？散文的基本要素究竟是什么呢？如果用定义式的语言来说，散文就是自我心智以比较坦直的方式呈现于一定的语言文学形式中。而自我心智者，或为较隽永深刻的自我知性，或为较深切真挚的自我感情。说白了，如果是思想见解，当非人云亦云，而多少要有点独特性，多少要有点嚼头与回味；如果是情感心绪，那就必须是真实的、自然的、本色的、率性的，而要少一些矫饰，少一些虚假，少一些夸张。是的，尽可能少一些，如果不能完全杜绝的话。诗歌中常有的那种提升的、强化的、扩大的感情似乎不宜入散文，还是让它得其所哉，待在诗歌里吧。

至于"一定的语言文学形式"，不外意味着两点，一是非韵文的，这是散文有别于诗歌的最明显的标志；二是要有一定的修饰技巧，一定的艺术化，这则是散文随笔不同于公文告示、法律条文、科普说明以及各种"大白话"的重要标志。

这便是我所理解的散文随笔。我在自己的学术专业之外也经常写一些散文随笔，就是按照自己以上的理解来"炮制"的。今天，我被委以主编重任，也是按照自己以上的理解来操作的。至于我在自己的散文随笔中是否完全实践了自己的理念，是否达到自己的理念，在这次主编工作中是否有不合理、不入情的要求与安排，那就很难说了。呜呼，知与行的脱节与矛盾，人的永恒悲剧也。

出版社在策划这个书系的时候，规定约稿对象为当今的文化名家。当今的文化名家种类何其多也：有在荧屏上煽情与讲道的主持人，有靠摆 pose 与哭功而大富特富的影视大腕，有靠搞笑与搞怪出位的演艺奇才……人人都在写散文随笔，这大有成为当今散文随笔的主旋律之势。但按我个人的理解，这里所讲的文化名家不外是两种人，即具有作家文笔的著名学者与具有学者底蕴的著名作家，这两者的所长正是我对何为散文理解中所谓的"心智"这一大成分。

由于我自己的圈子所限，第一辑的约稿对象全是上述的第一种人，即具有作家文笔的著名学者，而且基本上都是弄西学的学者或游学国外多年的学者，多散发出一点"洋味"的人。

学者写散文似乎有点"不务正业"，有点越界，侵入了文学家地盘。但对于学者来说，特别是对人文学者来说，却完全是兴之所至，是一种必然。他本来就有人文关怀、人文视角、人文感情，这种心智状态、心智功能，一触及世间万物，就莫不碰撞出火花。只要有一点舞文弄墨的兴趣、冲动与技能，自然而然就会产生出有点意思的散文随笔了。虽说舞文弄墨也是一种专门技能，需要培养与操练，但对于弄西学的人文学者来说，整天在世界文库里打滚，耳濡目染，这点技能是可以无师自通的。况且，人文学者于散文创作更有自己的优势，毕竟，他的知性是向全人类精神文化领域敞开的，他的目光是向全世界各种事物投射的。其散文随笔的题材，自是更为丰富多样，投射观察的目光自是更为开阔高远。而得益于世界各种精神文化的滋养，其可调配的颜色自是更为丰富多彩。说不定，也许我们这个时代有意思的散文随笔正是出自学者笔下呢，学者散文实不容当代文学史家忽视也……

所以，我有理由相信，这一套"本色文丛"多多少少会给文化读者带来一点不一样的感觉。

柳鸣九

2012年5月于北京

总序二

"本色文丛"的缘起，我已经在前序中做了说明。只不过，在受托张罗此事的当时，我只把它当作一笔"一次性的小额订单"：仅此一辑，八种书而已，并无任何后续的念头与扩展膨胀的规划。于是，就近在本学界里找了几位对散文随笔写作颇感兴趣、颇有积累的友人，组成了文丛第一辑共八种。出版后不久，我正沉浸在终结了一项劳务后的愉悦感之际，海天社出我意料地又提出了新的要求：要柳某把"本色文丛"继续搞下去，而且不排除"做到一定规模"的可能……看来，我最初的感觉没有错：海天社确有散文情结，不是系于一般散文的"情结"，而是系于"文化散文"的情结。而且，也不仅仅于此一点点"情结"，而是一种意愿，一种志趣，一种谋划，一种努力的方向，一种执着的决断。

果然，最近我从海天社那里得到确认，他们要在深圳这块物质财富生产的宝地上，营造出更多的郁郁葱葱的人文绿意，这是海天社近年来特别致力的目标。

在物欲横流、急功近利、浮躁成性、人文精神滑落、正能量价值观有时也不免被侧目不顾的社会环境中，在低俗文化、恶俗文化、恶搞文化、各种色调的（纯白的、大红色的、金黄色的）作秀文化大行于道、满天飞舞的时尚中，在书店一片倒闭声中，有一家出版社以人文文化积累为目的，颇愿下大力气，从推出"世界散文八大家"丛书再进而打造一套"本色文丛"，这种见识、这份执着、这份勇气是格外令人瞩目的。

海天出版社要的文化散文，不言而喻，即文化人的精神文化产品。关于文化人，我在前序中有过这样的理解：主要是指有作家文笔的学者与有学者底蕴的作家。如果说"本色文丛"第一辑的作者，基本上是前一种人，第二辑则基本上都是第二种人。这样，"本色文丛"总算齐备了文化散文的两种基本的作者类型，有了自己的两个主要的基石，形成了一个初步的平台。

不论这两种类别的人有哪些差别，但都是以关注社会的人文状况与人文课题为业。其不同于以经济民生、科技工艺、权谋为政、运营操作为业者，也不同于穿着文化彩色衣装而在时尚娱乐潮流中的弄潮者，也可以说，这两种人甚至是以关注人文状况与人文课题为生，以靠充当"精神苦役"（巴尔扎克语）出卖气力为生，即俗称的"爬格子者"。他们远离社会权位和财富利益的持有与分配，其存在状态中也较少地掺和着权谋与物质利益的杂质，因而其对社会、人生、人文，对自我、对人生价值也就可能有更为广泛，更为深刻，更为真挚的认知、感受与思考。

在时下这个物质功利主义张扬、人文精神滑落的时代环境中，且提供一些真实的，不掺杂土与沙子的人文感受、人文思考，为我们这个时代留下一份份真情实感的记录，留下一段段心灵原本的感受，留下一幅幅人文人生的掠影，这便是"本色文丛"所希望做到的。

柳鸣九

2014年1月于北京

总序三

存在决定本质。

本质不是先验的，不是命定的，而是创造出来的，是发展出来的，是作出来的，做出来的，是自我选择的结果，是自我突破与自我超越的结果。对于一个人的发展是如此，对于"本色文丛"何尝不是如此。

"本色文丛"已经有了三辑的历史，参加三次雅聚的已有二十四位才智之士。本着共同的写作理念，各献一册，异彩纷呈，因人而异，一道人文风景已小成气候。而创建者海天出版社则面对商品经济大潮、低俗文化、功利文化与浮躁庸俗风气的包围，仍"我自岿然不动"地守望人文，坚持不懈。合作双方相得益彰，终使"本色文丛"开始显露了自己的若干本色。最为明显的事实是，参加本"文丛"雅聚的终归就是两种人——即具有作家文笔的学者与具有学者底蕴的作家。这构成了"本色文丛"最主要的本色。以学者而言，散文本非学者的本业，对散文写作有兴趣而又长于文笔、乐于追求文采者实为数甚少；以作家而言，中国作协虽号称数十万成员，真正被读书界认为有学者底蕴、厚实学养、广博学识者，似乎寂寂寥寥。"本色文丛"所倚仗的虽有这两种人，但两者加在一起，在爬格子的行业中也不过是"小众"，形成不了一支"人马"，倒有点 elites（精英）的味道了。这是中国文化昌盛、文学繁荣的正常表征，还是反映出文化、文学现状的底气不充足、精神不厚实，我一时还不好说。

实事求是地说，我个人在"本色文丛"中的"潜倾向"是更多地寄希望于"有作家文笔的学者"，这首先与我职业的限定性与人脉的局限性有关。我供职于学术研究单位，本人就是学林中的一分子，活动在学者之中较为便利，较为得心应手；而于作家界，我是游离的、脱节的，虽然我也是资深的作家协会会员，是两届作家代表大会的代表。但更为重要的是我对散文随笔的认识（或者说是"偏见"）所致，在我看来，散文随笔这个领域本来更多的是学者的、智者的、思想者的天地。君不见散文随笔的早期阶段，哪一位开拓了这片天地的大师不都是这一类的人物？英国的培根、法国的蒙田、美国的爱默生……也许，因为散文随笔的写作相对比较简易、便捷，不像小说、诗歌、戏剧那般需要较复杂的艺术构思，对于笔力雄健、下笔神速而又富有学养的作家而言，似乎只是"小菜一碟"，于是，作家中有不少人也在散文随笔方面建树甚丰，如雨

果、海涅、屠格涅夫以及后来的马尔罗、萨特、加缪等。马尔罗是
先有小说名著，后有散文巨著《反回忆录》；萨特与加缪，则一开始
就是小说、戏剧创作与散文写作左右开弓的。不管怎样，主要致力于
形象创造的作家，如果没有学者的充沛学养、丰富的学识，没有哲
人、思想者的深邃，在散文随笔领域里是写不出一片灿烂风光的。

　　以文会友之聚的参加者是什么样的人，自然就带来什么样的
文，自然就带来什么样的文气、文脉、文风、文品，甚至文种。"本
色文丛"的参与者，不论是有作家文笔的学者，还是有学者底蕴的
作家，其核心的特质都是智者，都是学人，都是真正意义上的文化
人。而不是写家、写手，更不是出自其他行当，偶尔涉足艺文，前
来舞文弄墨、附庸风雅一番的时尚达人。因而，他们带来的文集，
总特具知性、总闪烁着智慧、总富含学识、总散发出一定的情趣韵
味。如果要说"本色文丛"中的文有什么特色的话，我想，这大概
可以算吧！对此，我不妨简称为学者散文、知性散文。我把"学
者"二字作为一种散文的标记、"徽号"，并没有哄抬学者，更没有
贬低作家的意图与用意。以"学者"来称呼一个作家，或强调一个
作家身上的学者的一面，绝非贬低，而是尊敬。刘心武先生在他的
自我简介中，干脆就把自己的学者头衔置于他的作家头衔之前，可
见他对自己的学者身份的重视。我想，这是因为他从自己的"红

学"研究里，深知"学"之可贵、"学"之不易。我且不说"学"对于人的修养、视野、深度、格调的重要意义，即使只对狭义的具体的写作而言，其意义、作用也是不可估量的。

学者散文的本质特征何在？其内核究竟是什么？其实，学者散文的内核就是一个"学"字，由"学"而派生出其他一系列的特质与元素。有了"学"，才有见识，才有视野，才有广度，才有大气；有了"学"，才有思想闪光，才有思想结晶，才有思想深度，才有思想力度；有了"学"，才有情趣，才有风度，才有雅致，才有韵味。从理论逻辑上来说，学者散文理当具有这些特质、优点、风致，至于实际具有量为多少，程度有多高，是因人而异的。其取决于每个人不同的经历、学历、学养、学科背景、知识结构、悟性、通感、吸收力、化解力、融合力等主观条件。

就人的阅读活动而言，不论是有意地还是无心地去读某一部、某一篇作品，总带有一定的需求与预期，总是为追求一定的愉悦感与审美乐趣才去读或者才读得下去的。如果要追求韵律之美、吟哦之乐，以及灵魂与主观精神的酣畅飞扬，那就会去找诗歌；如果要观赏社会生活的形象图景、分享人物命运际遇的悲欢苦乐，那就会去找小说与戏剧。那么，如果读的是散文随笔，那又是带着什么需要、什么预期呢？散文随笔既不能提供韵律之美、吟哦之乐，也不能提供现实画卷的赏鉴之趣，它靠什么来支付读者的阅读欣赏的需求？它形式如此简易，篇幅如此有限，空间如此狭小，看来，它只有靠灵光的一闪现、智慧的一点拨、学识的一启迪了。如果没有学识、智慧与灵光，散文随笔则味同嚼蜡矣，即使辞藻铺陈、文字华美。而学识、智慧与灵光，则本应是学者的本质特征与精神优势。因此，在散文随笔天地里，自然要寄希望于学者散文，自然要寄希望于学者写散文，自然要寄希望于多多展示弘扬学者散文了。

这便是"本色文丛"的初衷、"本色文丛"的"图谋"、"本色文丛"的宿愿，而这，在物欲横流、人文滑坡、风尚低俗、人心浮躁的现实生活里，未尝不是一股清风、一剂清醒剂。

柳鸣九

2015年9月8日于北京

CONTENTS

目录

辑一

辑二

辑三

辑一

生命在于开始

每年都有一个元旦，当除夕的钟声敲响十二下，迎新的爆竹声震撼着千家万户的门窗时，人们说，新的一年开始了。

每天都有一个早晨，当晨曦从东方透出第一缕微光，太阳刚刚从地平线上探出火红的脸庞时，人们说，新的一天开始了。

每人都有一个生日，那一天，婴儿离开了母体，以他的第一声啼哭宣布自己成为一个独立的存在，人们说，一个新的生命诞生了。

诞生，意味着一个生命过程的开始，然而这开始并非是一个孤立的瞬间，而是像多米诺骨牌一样，一个瞬间连接着一个瞬间，每个瞬间都有着自己的开端；旧的瞬间过去了，新的瞬间开始了。

细心的母亲，总是注意观察自己的孩子随时发生的变化：什么时候开始睁开眼睛，什么时候开始会笑，什么时候开始牙牙学语，什么时候开始摇摇晃晃迈出第一步……

"开始"这个词儿，只属于活着的生命；对于死亡，没有开始，只有终结。有句名言，叫作"生命在于运动"，这句话常被片面地理解为一种活动，甚或只是体育锻炼。其实，运动就是不断地开始新的过程。因此，也可以说，生命在于开始。

一个人，不论年龄大小、职务高低，只要在生活中失去了"开始"的能力，他的生命可以说已经终结了。

当你正在步入花甲之年，发现自己昔日的满头乌发已悄悄染上了霜白，额头上、眼角边的皱纹肆无忌惮地纵横延伸；当你从工作岗位上退下来，看着年轻人代替了自己的位置，你千万不要沮丧，不要埋怨，这只不过意味着一个人已开始步入老年生活。"老年"怕什么！重要的是，这也是一个开始，是一个新的生命阶段的开始。

英国哲学家罗素在他的《如何安度晚年》一文中说："一个人如果对于个人之外的事物有浓厚的兴趣并从事适当的活动，那么他的老年就很可能过得好。"另一位法国作家蒙田也说过："享受生活要讲究方法。我比别人多享受到一倍的生活，因为生活乐趣的大小是随我们对生活的关心程度而定的。"

请你尝试着对于生活中过去无暇顾及的事物产生新的兴趣吧！当你开始练习书法绘画的时候，当你开始动笔写回忆录的时候，甚至当你开始学着钓鱼、打桥牌，或者摄影、集邮的时候，你会感到生命的活力在周身涌动，以至忘掉了自己的年龄。你也许习惯了办公室（或车间）里的空气，每天走着固定的路线，从家里到工作单位。现在，请你开始留心一下其他地方的风情，注意观察一些陌生人的生活和情绪，你会饶有兴致地发现：世界变大了，你的内心世界也更充实了——因为，你有了一个新的开始。

"人的思想必须朝着未来，朝着还可以有所作为的方向。"这还是那位享年九十九岁高龄的罗素老人说过的话。他在七十九岁时荣获诺贝尔文学奖。他的一生正是实践了他自己的比喻："一个人的一生应该像一条河——起初很小，被它的两岸紧紧地约束着，猛烈地冲过岩石和瀑布，逐渐地变宽了，两岸后退了，河水较为安静地流着；到最后，不经过任何可以看得见的间歇，就和大海汇合在一起，毫无痛苦地失去它单独的存在。"

不断地开始，不间歇地流淌，这就是生命存在的奥秘吧！

当我们祝贺新年时，也就是在祝贺生命的新的开始。

静悄悄的诞生

初冬的泰山，高了，瘦了。

昨夜一场西风，摇落树枝上最后的秋叶；筋骨毕露的山脊，像是裸体的雕像，每一根线条都宛如绷紧的肌肉，显示着生命的力量。这力量沿着海浪般叠起的岩皱，一浪推一浪地涌向峰顶，通过梗立如项的十八盘，托起直插云天的岱顶。

不是旅游旺季，攀山磴道上人迹稀疏——人们不大喜欢赤裸裸的泰山，虽然这才是本来面目的泰山。

确实，此时登泰山，一路上摆脱不掉单调乏味的感觉，随之而来的是不断加重的疲劳。无论是路旁碧瓦红墙的庙宇，还是崖畔枝干虬曲的古松，都引不起我的兴趣。尽管在济南就听说，泰山此时正是多雾季节，上山难得看到日出，我心中却依然存有一线希望，希望这"难得"能被我遇到。如果不是这希望的支撑，恐怕早也就半途而返了吧。

登上南天门，已是黄昏，暮色四合，寒风透骨，云气弥漫天街。幸亏在山下借了一件棉大衣，爬山直嫌累赘，这

在泰山（1983年）

时正好，披上。赶紧找地方住下，一夜无话，只是在飒飒
松涛声中，默默回味着以往读过的描写泰山日出的文字。
于是，脑子里挤满"光明"、"灿烂"、"鲜红"之类印象，
渐渐入睡。

　　早五时许，随游人的嘈杂声起床，摸至日观峰，天尚漆
黑，借偶尔闪亮的手电筒光，见前后左右，或立或坐，人已
布满，尤以凌空伸出的探海石上为多，几无插足之地。人虽
多，并不杂乱，依地势高低排成互不遮挡的十数行，倒像是

体育场看台上的观众。不想昨日登山时人迹寥寥，今早观日出，竟也有黑压压一片。听身边议论，此中有人在山上已等了两三天。可见愚执如我者，犹不乏其人，顿时安下心来，静观东方。

东方天际，混混沌沌，一片青苍，沧海黄河皆隐而不见，只有脚下如小丘般拱立的峰峦，能够辨出轮廓，想是徂徕诸山。

周围游人也在各自发现，远近高低，指指点点，争向同伴传达自己的印象。渐渐，叽喳之声越来越低，终于不约而同地安静下来，泰山沦入一片虔诚的沉寂，只有期待之心在怦然跳动。

静默中，似乎整整一个世纪过去了，天幕上依然混沌一片，只是在青苍中泛出些微乳白，好像一碗浓墨汁被缓缓地兑进了清水。人群有些骚动，不知是谁打了一声哈欠，接着又有人轻轻跺起冻木的双脚。于是，咳嗽声、嘟囔声纷纷冒了出来，同时也传来对这些表示不满的"嘘"声，仿佛是这些喧哗，打扰了太阳的升起。

又过了一段时间，天色渐渐亮起来，可以大致看清手表上的指针，应该日出的时刻早已超过。东方天宇上，那云雾的浓淡层次和聚散流动的形态已能分辨出来，却依然没有出现众人期待中的变化。人们终于沉不住气了：不再存有希望的，犹豫着转过身去；仍然不死心的，一面望着东方，一面不安地打量着两旁的动态；向后转去的，招呼着还在坚持的伙伴一起走；留在原地的，回过头要求同伴再等他一等——错落而整齐的队列开始瓦解了。

突然，人群中一声惊呼。刹那间，所有的人一齐停下原来的动作，翘首向东望去，只见半天空乳白色的云雾上缘，正抹出一牙儿淡淡的粉红。这弯弯细细的一牙儿，红得那样苍白，亮得那样无力，像是产妇失血的嘴唇。

尽管是这样出乎意料的日出，还是使观众回到了原来的队伍。又是静静的等待。这等待中既包含了不少希望，也夹杂着并不满足的失望。那淡淡的一牙粉色，并不管人们的心情，兀自缓缓地扩大，直到露出一个烧饼大小完整的圆，却仍然是那样苍白，那样无力，全没有一点太阳的威力，倒像是悬挂于夏夜晴空的一枚月亮。

人们哄的一声散去了，那脚步声的轻重快慢，传达着各自的心情。

我最后盯了一眼那悬在空中的小而淡淡的太阳，也转过身去。我知道，真正的日出，早已在云雾后面悄悄完成。我们所看到的，只不过是云薄雾淡之后太阳的显现。这就好似一出戏的开场，幕布缓缓拉起，将早已布置好的演员显现出来一样。然而，这静悄悄的诞生，还是在我心中留下了一道耀眼的阳光。我看到的是活生生的太阳，是并不按照人们的规范要求升起的太阳。它以自己的方式宣告，生命是不可重复的。自然万物，即使伟大如太阳，其诞生也未必是喷薄而出、轰轰烈烈的景象。

下山时，已近中午。天空云雾散尽，一轮鲜红明亮的太阳在苍松梢头高高挂着。我只好脱下棉大衣。

睡 莲

　　住进离宫，正是荷花盈湖的盛夏；带回的记忆中，却只有这一朵小小的睡莲。

　　招待所在宫殿区的畅远楼，庭院里一架葡萄，几株古松；进门是卵石铺成的甬道，步上三级矮矮的台阶，宽敞的石台上，并排放了四口硕大的古瓷荷花缸，其他的三口只有些脏水或浮萍，偏是这靠近台阶的青瓷的一口，探出了一枝洁白的莲花。

　　我乘兴游了塞湖归来，眼前还仿佛有千娇百媚的花容在晃动。一踏上台阶，就被她那素洁的身影引了过去。那种感觉好似鼓号齐鸣的管弦乐队被指挥的小棒轻轻一点，戛然而止，只留下一把提琴在幽幽地吟着。多好啊！我向那幽幽的琴音俯下身去。

　　她绽开在田田的莲叶上，叶子圆圆的，却并不完整，像是被顽皮的孩子剪开了一个整齐的锐角，也就染上了几分稚气。她，本来也是孩子，在这一群小弟弟似的绿叶中，却像个小大人似的，高傲地仰起了头，虽然稚气依旧留在她那娇嫩的花瓣上，在那花蕊间闪亮的小水珠中滚动着。

忽然，我生出了一个愿望，想为她写点什么。写什么呢？似乎又并不清晰。写她的美？写她的娴静？写这古老的宫殿、古老的荷缸中，一枝新莲的绽放给予我的启示？啊，不！浮泛的赞美，对于她，是近于亵渎了。我只是更深地俯下身去，久久地注视着那玉雕般的花瓣，那像少女额发一样嫩黄微弯的花蕊。

身后传来孩子的笑声。一个小女孩推着一辆轮椅朝这边走来，轮椅上坐着一位须发皆白的老人。我忙闪开身，让睡莲显现在他们面前。老人看见莲花，脸上的皱纹舒展开来，张开的嘴唇动了动，听不清说了些什么。那个女孩跳上前，脆脆地喊了一声："真好！"笑脸和莲花贴在一起，好像并蒂莲。我发现，老人浑浊的眼睛里，闪出柔和的光彩，宛如夕阳映照下的湖水。

这位老人是今天刚从北京来的，他的司机正在院子里擦洗着汽车上的灰土。

此后，不管是去爬山，还是游湖，归来，我总要到这荷花缸前站一站，也就常遇见那个女孩和轮椅上的老人。无奈这睡莲真贪睡，开放的时候少，闭合的时候多，惹得我失望中暗暗骂她太懒。越是这样，碰到她绽开的时候，就越发感到无法言传的欣悦，以至想去招呼那老人和孩子一齐来和我同享。而往往不等我去叫，他们就来了。

这一天，我照例去看睡莲。远远望去，那一老一小已先我而至，两副面孔围着那口荷花缸，表情有些异样。我近前去看，不觉心中一沉。只见那莲花没有开放，也不像往日闭合时那样，尖尖地翘起在水面，仿佛梦中带着俏皮的微笑，而是软软地瘫倒在水中，躺在默立着的叶子下面——她不是睡去，竟是谢了。

睡莲谢了，再也不会开放了。往日那副动人的笑容也谢了。啊，此刻如果能抹掉这懊丧、阴沉的神情，我真愿变作一朵睡莲，开放在他们面前。

我低头走过院子时，那个司机正在给汽车加油，说是今天就要回北京了。我听了，心中又是一沉。

老人和孩子走了。我依然天天去看睡莲，不是为了表示惋惜，而是抱着一线希望。这希望并非只是我自己的，因此，我没有权利放弃。

离开承德的那天，我最后一次去向凋谢的睡莲告别，竟意外地发现，在那荷花缸里，在田田的绿叶之上，又悄悄冒出了一枝绽开的莲花。她自然不是原来的那朵，却依然那样洁白，那样姣好。我不禁呆住了。

惊喜中，我想到那老人和孩子，忆起他们临走时那沮丧的神情。该把这消息告诉他们。转念一想，又觉得自己迂得可笑——我可知道他们在哪里？

还是为睡莲写篇文章吧！我想，只要他们没有忘记睡莲，或许会看到的吧？

辞水仙

春节过去了!

节前买的一大堆花炮,在孩子的笑声中,陆续化作烟尘,飘散了。

节前置办的各种吃食,经主客频频光顾,被逐日分割包围,消灭殆尽了。

节日的痕迹,只留下了一盆水仙花,它是和春节一起长起来的,曾经开得那般繁盛,如今也开始凋谢了。

春节,年年都以大致相同的程序,来了,又去了。今年却有些新意——就是这一盆水仙。

我本与花无缘,并非不知花的美好,只因无暇为花分神,花儿也就对我敬而远之。三年前,塞外的朋友送我一束干枝梅。这种花很小,星星点点的,并不十分好看,也没有多少香气。好在她很知趣,从不需要人去照管,才得以在我的案头寂寞地开放。

新年时,一位北京的朋友从福建回来,带给我两个水仙头。"养养吧，只要一盆清水，春节就能开花。"他大约知道我怕麻烦，这样说着。

其实，多年以前，我养过一次水仙，这点常识还是有的，只需一盆清水，不假；春节准能开花，却要打个问号。那一次，不知是"蒜头"的毛病，还是我的疏忽，总之是到春节闹了个"水仙不开花——装蒜"。

这一次，我也没抱多少希望，只是难得朋友的一番盛情。我把水仙头养了盛雨花石的盆里。

按说，养水仙要天天换水，我却连这样的举手之劳也常常忘记。水仙倒没有计较，虽然有些委屈，还是很快就抽出了叶芽，而且，像赌着一口气似的，长得很快，不几天，就蹿出了一指多高的绿叶。我一看，要坏！听人说，蹿高的水仙往往不开花。管它呢！这翡翠一般的绿叶玉立在清水之中，看上去也怪爽目的。就当我养了一盆青草吧！

腊月里，我去北京出差，一去十多天，完全把水仙忘掉了。赶回天津时，已经快过节了。一进门，孩子先把路挡住，歪着头让我猜，家里来了什么客人。我实在摸不着头脑，只好胡乱答对。孩子见我被考住了，笑着闪开身，指着桌上说：·

"爸爸，你看！"

哟，真是一位贵客呢！只见一片翠翠的水仙叶丛中，已抽出几支圆鼓鼓、葱叶一般的花茎，在一枝花茎的顶端，浮着一朵银瓣金蕊的小花。花是重瓣的，外面的一层还未完全绽开，像是刚从梦中醒来，尚含着未消的睡意，那幽幽的香气却已经扑鼻而来。啊，真个是"韵绝香仍绝，花清月未清。天仙不行地，且借水为名"。我竟一时辨不出，这花就是从那一盆"青草"中长出来的。

"爸爸，这水仙可是我天天换的水。"孩子自豪地告诉我。

"还有我呢。我天天把它搬到阳光下面呢！"嘿，孩子的妈妈竟和女儿抢起功来。这花，还真有些神奇，在它的面前，大人也变成了孩子。

从此，我们的生活中增添了一项乐趣——数花。每天早上，女儿还没穿好衣服就跳下床来，跑到水仙面前，不一会儿就喊了起来：

"今天又开了两朵！"

"今天又开了三朵！"

…………

渐渐，新开的花朵就数不清了。

随着水仙花一朵一朵地绽放，春节也一天天临近。大年初一那天，我仔细数了数，两个水仙头，共开出了四十六朵花，像是雨天的街市上，撑起一片彩色的花伞。

春节来客多，正是水仙露脸的时候。每一位客人进门都要夸一句："呵，这水仙长得真好！"有的还要贴近前闻一闻，连连赞叹："好香！好香！"我听了，心里也像孩子一样，美滋滋的。逢着有的客人提到，自己家的水仙长得不好，甚至开不出花来，我更得意了，嘴上不说，心里总有股自豪劲儿。

客人走后，女儿总要兴奋地缠着我：

"爸爸，水仙是哪儿出的？咱们明年还养水仙，好吗？"

我含糊地答应着，心里有些疑惑。这水仙确实名不虚传，不用培土，不用施肥，"一杯清水便成仙"，正合我这个懒人的心意。可是，美，会这样轻易地得来吗？

晚上一查书，才知道，水仙的奥妙都在那蒜头状的鳞茎里。这鳞茎可是得来不易。水仙产自福建漳州，每年霜降，那里的花农要把小块的子球栽进大田繁殖，第二年芒种时，挖出来晒干，藏在阴湿的地方，等到霜降再栽到田里。如此连续栽培三年，才能长成会开花的球茎。水仙挺娇贵的，对土壤、水分、阳光都有一定的要求。通常，一亩水仙从栽培到收获，花费的工时，比水稻要多一倍以上。我们得到的水仙鳞茎，经花农栽培三年，其中的花芽业已分化成功，花农的心血化作养料，蕴含在鳞茎里，因此，只需一盆清水，便会开出花来。那些不能开花的，多是只栽培了两年。真是"功到自然成"，差一分也不行。

得知这一切，我不由得生出一种负疚的心理。大凡未经劳动就得到的美，这美的后面，总会有无名的创造者。我不是这美的创造者，但总想能为水仙做些什么，以弥补我的疏懒。

然而，春节过去了，水仙开始凋谢了。她不再需要换水，不再需要阳光，甚至不再需要人们去看望她。原先一朵一朵慢慢开出来的花儿，凋谢起来却是这样快，一簇一簇地，几天就香消玉殒，一片残败。

可是，水仙花为什么凋而不落，还久久地滞留在已经倾倒的花茎上？对我这个无颜以对的负疚人，你还有什么留恋的吗？

也许，你留恋着孩子那一对痛惜的目光，不愿意看到她失望；也许，你留下的只是一个躯壳，灵魂早已飞回养育你的南国土地。

啊，水仙，你去吧！愿花魂返八闽，来年再成仙。虽然我对你怀着一种负疚的心理，还是希望明年能再见到你。

我愿有机会南渡九龙江，探访水仙的故乡，为美的创造者写篇文章，以弥补我的歉疚。这里，先留下一首短诗，做个引子吧：

慢夸梅花傲霜枝，

天降凌波更当时。

莫问君从何处来？

自有仙乡育仙姿。

春天的残酷

　　残冬的清晨，每天，我爱站在街心花园的一棵小树前沉思。说是沉思，不过是自我解嘲罢了。经长夜滤过的空气，被缓缓吸进肺腑，让清冽甘甜的气息，赶尽梦中的芜杂，头脑中留下的，正像这冬天的大地，只是一片空白。也许，此刻我需要的，正是这空白吧！

　　小树的枝丫，铁一样伸向青空，瘦瘦的，并不显得可怜。一次偶然的凝视，我发现，在光秃秃的乱枝后面，一条斜立的丫杈上，竟奇迹般地站着几片枯叶，像是早已散戏的剧场里，仍滞留在座位上的几个观众。

　　面对着冬的舞台，枯叶呆呆的，似乎也陷入了沉思。在他们的心目中，春的嫩绿，夏的青碧，秋的灿黄，已经成为美好而残酷的回忆，他们还在留恋什么呢？也许，和我此刻一样，他们的头脑中只是一片空白。

　　不。他们毕竟整整站了一个冬天，那土灰色的叶的边缘，被风刀霜剑切割成短短的流苏状，标示着他们历经的艰辛。他们早已凋了，只是执意不肯落下。这坚忍的固执，绝不是空白的心灵所能支撑的。那么，他们在等待什么呢？

也许，他们是以自己的存在向冬天挑战；也许，他们是以残缺的希冀迎接春天的到来；也许……

哈，把迎春的美誉赋予枯叶，实在有些滑稽。过几天，那遍地开放的迎春花准会委屈得掉下眼泪。可是，在花儿叶儿落尽的严冬，这几片枯叶实实在在地站在那里，使我空白的心中不由得生出一点怜惜和关注。从此，每当站到树前，我总要先看一看这几片枯叶。北风摇撼着门窗的夜晚，我牵挂着他们的命运。清晨跑去一看，他们仍旧站在枝上，只是在风中瑟瑟抖着，发出簌簌的声响，像是我思念恋人时，回忆掠过心头发出的声音。

终于有一天，当我在树前习惯地仰起头，只有光秃秃的枝丫寂寞地向我探视——那几片枯叶不见了。昨夜没有起风，此刻脸上感到的也只是一丝温和的气息。四周静静的，谁也无法告诉我枯叶的去向。小河边错落残存的薄冰，呻吟着慢慢融入水中。河对岸的一排秃柳，不知什么时候抽出了柔柔的柳丝，款款地摆着，像是为威娜宝护发素做广告。我猛然意识到，春天来了！是春天的到来使痴立了一冬的枯叶悄悄落下。

春天来了，那曾经被白雪覆盖过的大地，将开放出各色各样的花朵，有的可爱，有的讨厌。

春天来了，小伙子把溜冰鞋丢在角落里叹息，换上了网球鞋；那枣红色滑雪帽在耳边低语的感觉，已化为一个梦境。不管明年的冬天是否还有这样的时刻，至少他们那时又都长了一岁。

春天来了，我每天清晨吸进肺腑的空气，也由寒甜转为暖涩。爱思考的人，抱怨冷静被热闹挤跑了。爱做长梦的人，越来越睡不踏实。尽管我们常常做梦，我们也常常被吵醒，因为每年都有一个春天。

我刚从一个梦的花园中走来，那里正期待着一场春天的震撼；那里有我眷恋的山水花木，既不像北国，也不似江南；那里有我时常牵挂的朋友，热情、淳朴，充满朝气。我不知道，我曾经熟悉的这一切，在即将到来的春天里将会变得怎样；就像我不曾料到，那和我相伴一冬的枯叶，竟会在春天乍来时飘落。当我离开这梦的花园时，原本清晰的印象变得朦胧而惶惑。也许，期待就是朦胧的。只有一切变为现实时，那朦胧自会清晰，惶惑也将转为坚定。可是，那几片枯叶呢？他们为什么期待得那样坚定？

人们总是希望，春天里一切都是美好的，往日的肃杀将永不复返。春天却自有春天的规律。盛开的鲜花旁，也会滋生杂草；白雪融化后，将展露污垢。正像新生长的也会有苦果，那已经逝去的也包含着美好。然而，一片沉寂的空白被春天吵醒了，终究是件好事，不管失去的会有多少。

春天自然是美好的。

春天也还是残酷的。

不论怎样，春天总会到来的。

夏日的落叶（外一章）

一片树叶随风飘落，落下，又飘起——还不到落叶的时候。

这是夏日的午后，蝉儿吵得正欢，全没有一点秋的寂寞。寂寞正随它飘落。

枝头上正是绿肥红瘦，不该就这样独自漂泊。招招手吧，这迟疑的绿色。

风儿已经吹过，回头见落叶在挣扎，忙转来轻轻将它托起，想弥补自己的过错。

落叶飘得再高也是落叶。生命的凋落无法追回，哪怕是一场误会——在这不该落叶的时候。

风儿无可奈何，叹息一声又匆匆赶路。远方的土地等着它去播下新的生命——风，有什么错？

然而，落下的，终于落下去了。在一片金黄色的泥土上，夏日的落叶绿得那样灿烂而凄凉。

渐渐，金黄色的泥土覆盖了落叶，是深秋一般的金黄。

"这正是我的归宿吧！"落叶自慰着，伸直了腰身，却在金黄色泥土下面，顽强地露出一点点绿，像是一滴滴绿色的眼泪。

夏天的落叶，那告别的眼泪，也还是夏天的颜色。

露　珠

等待这样久，相见这样短。你不后悔吗，露珠？

等待在黑夜，再久也是黑夜。相见在黎明，再短也是黎明。被照亮一次，哪怕是瞬间，也胜过黑暗的永恒。

你期待的，正是毁灭你的相见；你将失掉一切，包括你的期待。你仍然不后悔吗，露珠？

期待就是失去。只有可怜虫才期待永生。我的毁灭，在阳光初恋的拥抱中。作为期待的报偿，这还不够吗？！

不，不会有这样的对话。太短促了，一切都来不及进行。当朝阳从天际投下第一缕问候，草尖上的露珠只闪了一下，就化作轻烟，迎着太阳飞升。谁也没有看见它的闪亮，甚至没有发现它的毁灭。它，却实现了自己。

明天呢？明天将还是这样长长的期待，还是这样短促的相见。

秋天的名字

　　节令过了寒露，气候眼见着一天天凉了下来。单位要组织秋游盘山，大家一下子关心起天气来了。偏偏这两天的气象预报，总是夹带着大风、降温一类的警告性字眼，于是，游兴勃勃的人们，开始小心地相互询问着："还去吗？"

　　盘山曾被历代文人誉为"京东第一山"。清康乾年间，山上建起皇帝的行宫，也就有了几处御封的名胜。不过，好景不长，连年的战争使离宫化作一片废墟。早些年我登盘山时，它已是一座秃山了。

　　近年来，听说盘山被辟为游览区，毁弃的名胜开始修复了，也真吸引了不少游人。去过的人回来，却总是摇头的多。

　　这一次，从一开始，我就是执意要去的。

　　打退堂鼓的同事竭力怂恿我改变计划，我则千方百计想多拉几个伴儿。结果，我没能说服他们，他们也没能说服我。

　　其实，并非盘山有那样大的吸引力，而是因为我是去寻访秋天的。

秋天还用得着去寻吗？

虽然说，春夏秋冬，周而复始，每年一交秋分，遍地都是秋的景色。然而，在楼房林立、人头攒动的城市，听西风飒飒，看落叶飘零，那算是秋天吗？

我们的汽车先开到古长城遗址黄崖关。说是遗址，其实除了路旁的一块石碑，并没有遗留下什么。据说有关部门正在集资准备修复这一段已经坍塌了的古长城，但至少眼前还是一片秃山。

多亏了山坡上闪出亮亮的一条小河，人们的沮丧才打消了。先是年轻人欢呼着跑了过去，继而上了些年纪的也陆续跟来。

河水浅浅的，清澈见底。河中间错落着圆圆的卵石。随着流水漂浮过来的落叶，被河心的石头拦截叠起，丹黄交错，在澄碧的水面上镶出一幅幅斑斓的画图。这画面和岸边林木的倒影融合在一起，宛若河水中生出片片秋林。

融着秋意的河水是调皮的，难怪这细细的一道溪流，就使得走近它的人们忘乎所以。在这里，人们的年龄被忘记了，仿佛一下子都变成了顽童。腿脚灵便的，早已纵身上前，在河心的卵石上跳来跳去，炫耀着自己的活泼；迟钝一些的，也不甘落后，纷纷乍开两手，摇摇晃晃地伸出脚去试探。河面上不时传来有人掉落水中的惊呼，不知是被卵石上的水草滑落的，还是故意掉进水里，好让河水的沁凉撩进心田。反正，随着这呼叫而腾起的，又是阵阵笑声。

啊，真正的秋天在哪里？不是在这小河边、树林里，在大自然的怀抱中吗？

还是到秋天的田野上去走走吧！那被收获者踏出的小路，泥土松软，像有弹性的橡胶，脚踩在上面，麻酥酥的，会感到一股异样的兴奋在心头搔挠——这才是秋天的意味呢！

空旷的田野上静悄悄的，只剩下一户人家在收获红薯：一对年轻的夫妻在前面掘着，一个四五岁的孩子坐在翻过的黑土地上，玩着胖乎乎的红薯。

我提着湿漉漉的裤脚走过去，摸摸孩子那红扑扑的脸蛋，逗得这可爱的小脸泛出了甜甜的笑窝。孩子的父母从前面回过头来，也向我笑着。我们彼此想说些什么，却都没有说出口。他们确实很忙，我也怕打破这田野的寂静。眼前这刚刚收获过的秋天的田野，已经把我们要说的话都说过了。

举目四望，我仿佛第一次发现，秋天的田野竟是这样的安宁。经过了春天艰苦的萌发，夏季热烈的生长，田野终于将自己积蓄的能量化作果实，全部奉献出来了。此刻，她坦然地陶醉在幸福的回忆之中，空寂中含着一种内在的充实，一种迷人的慵懒和快慰。只有刚刚生过婴儿的产妇，才会有这样的神情。

还是不要作声，不要扰乱她的宁静吧！

站在秋天的田野上，呼吸着翻过的黑土散发出来的清香，人似乎也变得同样透明了。我不由得在心中暗暗品味着：面对如此澄明灿烂的秋色，古往今来，为什么会有那样多落魄文人、失意才子伤秋、悲秋，甚至怨秋、恨秋？

人生一世，草木一秋，不忧其短促，但虑其无为。春有所发，秋有所获，方是人间正道。如果当秋天到来的时候，不能将自己的能力奉献出来，那确实是值得悲哀的。如果这悲哀是个人所无力挽回的，那就更为深切。无怪乎古人会闻秋声而悲叹，喻秋天为"刑官"，恨其"常以肃杀而为心"了。

然而，秋天依然年年催熟自己的果实，默默地奉献着。

秋天是无私的，因此，她才能够这样坦荡。

在盈满秋光的盘山路上，我来回思索着，突然涌出这样一个念头：如果要为秋天起个确切的名字，那就是"奉献"了。

我与冬天的交往

　　季节和人一样，生活在一起并不等于有了交情，相互的了解要有一个投缘的契机。何况冬天是一位净友，要想得到他的情谊，少不了要经受一番考验哩。

　　我最初与冬天的交往，还要感谢 1962 年的那场战争危机。它使我的生活发生了戏剧性的变化：几乎在一夜之间，我结束了平静的大学生活，应国家的征召，穿上了军装。这种角色的转换将给命运带来什么影响，当时我根本无从顾及，萦绕心头的却是很多年以后才明白的一个问题：为什么战争发生在东南沿海，而我们的军车却一直向北开？

　　向北，就是向着冬天靠近。9 月，在小兴安岭的一个山沟里，我们伐木脱坯，刚刚把土屋垒起，冬天就降临了。

　　没有降温的预兆，也没有暴风的警告，第一场大雪是在深夜悄然飘落的，来得这样突然而又温柔，好像梦中常念到的亲人，一睁眼正坐在炕头。清晨起床，屋门已被积雪封住，我们破窗而出，只见身后的茅屋半截埋入雪中，活像一个顶着白帽子的大蘑菇。先顾不上铲雪开门，我们这些第一次见到关外大雪的新兵，欢呼着扑向雪原。眼前真是一个奇异的世界：往日熟悉的远山近树，无论峻峭的，还是柔和的，一下子都变得矮了，胖了，也滑稽了许多，就像进入了童话中的小人国。地上白雪纤

和战友在内蒙古索伦（1963年）

尘不染，天宇澄澈清明，泛着蓝光。除了我们，世界上的一切仿佛是刚刚被创造出来，就连空气也新鲜得像第一次和人类接触，使你忍不住想猛吸几口。

在松厚无痕的雪地上印上自己的脚印，推想着昨夜睡梦中，雪花静悄悄地一片一片铺洒下来，耐心而沉着地改变着世界，那情景使我对冬天充满了敬意。能够这样从容、自信，冬天是深知自己所拥有的力量的。

然而，冬天的力量并不总是这样温柔地显示。大雪后的

白毛风就完全是另一番情景。也许冬天嫉妒人们对于雪景的迷恋，硬要把有情感的生命都从雪地上赶开。白毛风可以连续吼上十几天，一切有水分的东西都会被冻成冰坨子，不要说滴水成冰，连石头也能冻裂开花；就是在屋里，一旦夜里值班的疏忽，火烧落了，大头鞋会像树桩一样冻在地上。在关外农家，这是"猫冬"的时节，我们还要照常训练出操、站岗值勤，夜间还不时有假设敌情的紧急集合。部队上的班排长，大多是青藏高原过来的老兵，他们和冬天相处得那样亲热，在风雪中嬉笑打闹，一如家常。他们教我怎样借风力取暖，怎样用雪防冻，怎样和冬天打交道。他们说：冬天专门欺负窝窝囊囊的人。你越怕冷，它越冻你；你是好样的，它就看重你。别看它厉害，可挺公正的。

一次进山背柴，返回时遇上了风雪。我砍的柴，不是树枝树杈，而是些林中枯死的小树，我就拖着这样一棵树往山下走。风夹着雪粒打在脸上，很快和汗水融在一起，稍一停歇，热汗就变成了冰。只有不停地走，才能保持身上的热气。渐渐，我的腿越来越沉，越走越慢。从身边擦过的战友，一次次要接过我背上的柴，我都咬着牙拒绝了，心中只有一个念头：不信我就背不回去！背上的小树似乎在长，长成了一棵大树，压得我低着头，只能看见自己的一双脚。双脚好像也不是自己的了，成了一副机械，只会不停地挪动，走着走着，脚发轻了，头却沉了，耳边像是有人在小声叨咕着：停一会儿吧！停一会儿吧！眼皮也有些发黏。不好！我心里猛一激灵：这个时候千万不能倒下去。我强制自己从小树下昂起头，任冰冷的雪粒打在脸上，张大嘴巴吃进几口冷风，头脑清醒了一些。就这样，走一段，吃几口夹雪的风，让激跳的心脏稍许平静一下，再继续走。渐渐地，气喘匀了，风雪小了，路也平了，几十里的风雪山路硬是挺过来了。最后一段下山的坡道，我几乎是连跑带颠地赶上了队伍。

那一年，十八岁的我以满腔的青春热血取得了冬天的信任。从此，我和老兵们一样，在冬天面前挺直了脊梁，有时还会和它开开玩笑。我们成了忘年交。

今年初冬的一天，站在办公室的窗前，偶然望见海河河面上，冰水交错呈现的美丽曲线，我顿时感到异样的亲切。没多久，经过冰与水的几度交锋，河面终于全部封冻了。空阔的冰面上不时戳上几点凿冰钓鱼人的身影。啊，冬天依然那样从容自信，不动声色地显示着自己的力量。而我呢，当年的青春热血可留下几分？

无论如何，我是偏爱冬天的。在冬天那无处不在的力量中，我总是能感到自己的存在。

和 谐

　　高楼的峡谷中，夹一处小小的街心花园，长不过百米，宽不足三十米，寥寥几棵刺柏，组成丛林的阵势。在久居闹市的人们眼里，这里就是沙漠中的绿洲了。

　　花园没有围墙，矮矮的铁栅栏隔断街市的嘈杂。进入花园，却似进入另一个世界：四周的灰楼房不见了，烦嚣的汽车喇叭声听不见了，在卵石铺砌的小路上散步的，是沉静的田园气息。

　　是那只白色的小鹿，使人联想到森林的静谧吗？她总是跷起一只前蹄，向后歪着头，一副卖弄的样子。是那个套着三个圆环的喷泉，使人感觉到山泉的清凉吗？那喷泉被装饰得颇像现代派雕塑，却从来没见喷过水。

　　其实，在这街心花园里，最富有自然气息的是人，是每天清早来这里自由活动的游人。那位天天准时来甩手的老太太，微闭着双眼，一副怡然自得的神态，活像一棵长得很自信的松树；那个领着女儿练体操的年轻母亲，温柔的目光中透着幸福，比那只矫揉造作的牝鹿，更有自然的魅力；还有那手里转着铁球、在坡道上悠然漫步的老人，使人想到山野间自由自在吹过的风。是的，当生命恢复了自然的形态，人就是树木，就是花草，就是山泉，就会具有一切大自然的美。

游人中，给我印象最深的，是一对年逾花甲的夫妇。他们每天总是相携而来，在花园中心一个固定的位置上站下，深呼吸几次，开始打太极拳。男的穿一身黑衣，黑长舌帽下露出斑白的头发，手上戴一副蓝色手套；女的一身藏蓝穿着，头系一方绛色白点的头巾，手上也是一副蓝手套，却斜镶着三条白边，沉稳中添了几分女性的温柔。

等到他们开始打拳，你就会发现，他们的衣着和他们的动作，都是那么和谐，一招一式，配合默契，简直就像芭蕾舞中的双人舞。不，舞台上的和谐，终归是表演给人看的，而这一对老夫妇，此刻完全沉浸在两个人独有的世界中，像是在用手、用腿、用腰身的动作，诉说着两个人会心的悄悄话。你看，他们正在做推掌的动作，两人双手张开，一齐缓缓推向前方，那样从容，那样自信，轻轻地，却是不可阻挡的。当年初恋的日子里，他们就是这样相互轻轻推开对方的心灵之门吗？这一刻，他们至今一定记忆犹新。从此，他们曾一起推开过多少扇大门：生活之门，事业之门，生儿育女之门……如今，这一切都留在了身后，他们又一齐推开了最后一扇暮年之门。虽然这扇门通向的是生命的终结，对于他们来说，却也是一个新的开端，是一生幸福的升华与超越。他们内心的美好情感，随着艺术化了的打拳动作挥洒开来，无声无息地流散在花园中，给原本清静的田园，增添了一种新的和谐——人生与自然的和谐。

这一天，花园里有些异样。树木、喷泉、小鹿、石径都没有变化，那一对老夫妇也准时站到老地方打太极拳。只是在他们身后的一株枯树上，挂了一个鸟笼子，笼中一只黄鹂叫得十分悦耳。它的主人，一个穿着中式棉袄的胖老头儿，绕着枯树活动着腰身。这是往日所没有的。鸟鸣引我到树下，细看那黄鹂，竟是一副哀怨的神态。它的头抖动着，一忽儿伸向前，向那对老夫妇瞥一眼，又赶快扭开，像是不忍多看，又不能不看的样子。黄鹂一边这样不安地扭动着，一边继续发出悦耳的鸣叫。我想，在它的同类们听来，这叫声一定十分凄厉。古诗云："两个黄鹂鸣翠柳。"那是一幅多么和谐美妙的画图，而眼前这孤独的黄鹂，这凄楚欲绝的叫声，完全打破了街心花园的和谐。

这一天，我早早离开了花园。

第二天，第三天……那一对老夫妇仍然依时而至。那关在笼子里的黄鹂和那个胖老头儿，却没有再见到。

街心花园又恢复了往日的和谐。

戏做家务

　　喜好游戏，是人的一种天性。从孩童时的玩泥球、拍毛片儿、堆雪人，到成年时下围棋、打扑克、唱卡拉 OK；从最简单的火柴棍游戏，到今天现代化的电脑游戏，游戏几乎可以伴随人类的整个历史。美学研究领域有一种说法，叫作"艺术起源于游戏"，可见游戏的源远流长。一个人回首往事，可能说自己一生一事无成，却不可能没有关于游戏的愉快记忆。

　　与此相对应的，人的另一种天性，大概就是对于家务劳动的嫌恶了。家务，家务，与家俱来的杂务。人人摆脱不掉，却又没有人看得起。幸福的家庭不消说了，家务的烦劳往往被幸福的光环所暂时遮蔽；面临危机的家庭，却无一例外地首先在家务上表现出来。因此，托尔斯泰在《安娜·卡列尼娜》开篇，写下那句尽人皆知的名言"幸福的家庭都是相似的；不幸的家庭各有各的不幸"之后，紧接着就是一句非常准确的描述："奥布浪斯基家里，一切都混乱了。"家庭的危机，必然造成家务的混乱；家庭的不和谐也必然加重家务负担的分量。

其实，人们每天投入家务劳动的心力和体力，远不如打一场球，或一盘棋逢对手的厮杀。那么，人们为什么往往对游戏乐此不疲，对家务劳动却避之唯恐不及呢？一方面，家务本身的单调、琐碎，循环繁复，无止无休，最易消损人的精力，磨蚀人的心志，这种消损和磨蚀又几乎是无形的，看不见结果的。另一方面，观念的因素也很重要。试想一下，从幼年开始，和家务劳动联系在一起进入我们头脑的是些什么？大多是争吵、牢骚、埋怨、唉声叹气、无可奈何等灰色调的印象，或者是"有本事的干事业，没本事的干家务"之类的偏见，甚至从事家务劳动的工具，也多是粗陋的，笨拙的，黑乎乎的。这些印象天天如此，反复加深，于是形成了牢固的条件反射。以至当我们长大成人，承担起家庭责任，不得不自己干家务的时候，一抄起扫把，或一端起刷碗盆，一股无名的烦躁之气便油然而生。这和人们从事游戏时，那种体验快乐的冲动，是多么不相同的两种条件反射！

由此，我突发奇想，为什么不能以游戏的心态来从事家务劳动？从我们开始，斩断家务劳动和灰色调的联系，代之以明亮的愉悦的条件反射。

游戏的心态就是自由的心态。游戏没有目的，游戏是创造力的自由表现，其本身就是目的。人在游戏中是完全主动的，不受任何现实利益的驱使。因此，游戏中的人往往如孩子一样旁若无人，天真烂漫，也就可以一再地获得快感。一般的生产劳动是不能以游戏的态度来对待的，因其具有社会性，要符合社会的既定规则。如果司机游戏般地开车，车工游戏般地操纵机床，那岂不要天下大乱！各类劳动中，唯独家务劳动是纯粹个人的私家的性质，可以游而戏之。只要我们在从事家务劳动时，主动一些，放松一些，不要等杂务堆积得无法容身，才被迫去做；对待琐碎的家务，用零碎的时间去分别解决，不要强求一律；处理家务不要墨守成规，尽可加上自己的创造去试验，多一些花样。如此这般，家务劳动就会渐渐具有游戏的意味了。此外，从事家务劳动时的环境气氛和工具，也有着重要的辅助作用。人们已经开始注意到用具与人的情绪，以至工作效率的关系。现在市场上有不少玩具式的文具，用以提高孩子们的学习兴趣，却很少见到玩具式的工具。从事家务劳动的用具，大部分还沿袭多年来的粗陋外观，似乎人们潜意识中认为，干这些活儿的用具，不需要漂亮。所以，当我在外地出差，偶然发现商店里陈列着一种绘有唐老鸭图案的土簸箕时，简直是喜出望外了。每当扫地时，看着这个远涉重洋的"唐大使"的滑稽形象，真有些忍俊不禁。家里从此也干净了许多。此外，炊具、餐具、洁具，也尽量造型别致一些，颜色鲜艳一些，看上去赏心悦目，用起来爱不释手。在我看来，这些远比房间的豪华装修重要。

人生苦短，负重的时间又长。成年后，游戏的机会是越来越少了。能把每天必做的家务化为游戏，岂不是一大快事。

回　家

前几年，肯尼基的萨克斯风刚在中国走红，许多店铺几乎同时在门前反复播放《回家》。大大小小的音箱竞相发出高高低低却同样缠绵的曲调，像伸出无数只手，恨不得把路人统统拉进商店。以《回家》招徕顾客，使人想起传统生意经中"宾至如归"的信条，倒也不失为应时之举。有一次，大约只是在商店门口闲逛，《回家》的旋律碰巧撞上了我的脚步，我下意识地顺着乐曲的节奏走了几步，不由得哑然失笑了——那乐曲开头作为主题出现的两组切分音，若断若续，不断反复，流露的分明是一种欲行又止、犹豫彷徨的情态。这可正是商贩们最忌讳看到的情景。

世纪之交，报刊上充满了关于新世纪人类生活的种种预测。有文章谈到，随着网络经济、电子商务的发展，进商店购物将成为历史。用一位专家的话说，叫作"传统的采购已经死亡"。人们坐在家里打开电脑，各种商品的说明和价格便会一览无余，只要轻轻一点鼠标，你所选定的商品就会送到家中。当然，与此同时，你在银行的存款也相应地被切掉一块，转入商家的账户。这真是再方便不过。遗憾的是，如果商店统统关门，那些爱逛商场的女同胞们又该如何？预测者说，不用担心，到那时，大商场会保留，只是展示商品，它的主要功能转为提供娱乐、休闲服务。环境的舒适，情调的怡和，会使人如同在家里一样。这倒是一个有趣的错位：家成了"商场"，商场成了"家"。

我相信，未来的商场会越来越舒适、怡人、自在，这些也都是"家"中应有之意。然而，商场真的能够和家一样吗？除了舒适等，家的含义中还应有一些纯属私人的、其他任何地方都无法代替的情感魅力。比如说：牵挂。牵挂，可算是汉字中最动情的组合。古人怀乡思家之作，着笔于此，多有佳句。"来日绮窗前，寒梅著花未"是牵挂；"雪声偏傍竹，寒梦不离家"亦是牵挂。状牵挂之情不着痕迹，堪称绝妙者，当属宋之问的"近乡情更怯，不敢问来人"。诗人贬居岭南，多年与家人音讯隔绝，久远的牵挂已是挫磨成了一个"怯"字，唯恐家中有变故，以至逃回家乡时，不敢向乡人打探消息。怀着这样的心情，诗人脚下的步履必然踯躅迟疑，这和肯尼基的《回家》中所表现的情态何其相似。难怪我在商店门前哑然失笑时，最先想到的就是这两句唐诗。

音乐艺术较之文学，是更加虚幻自由的世界。具此比照，不免牵强。现代通信技术的发展，使空间距离不再成为信息交流的障碍，一只"全球通"在手，淡化了多少离情别绪。我还是宁肯相信自己的感觉。科学越千年，人情通古今，有家在，就会有牵挂。试看路边行人的步态，回家的和逛街的，永远不会相同。

一次饭后闲谈，说起如今电话的便利，即使远隔重洋，想念谁了，随时可以通话。座中一位朋友遽然告诫：没有急事，千万不要在夜里打电话。一年前，他母亲去世的噩耗，就是深夜里的电话声传来的。从此，每当电话铃在夜间响起，都令他心惊，迟迟不敢去接。

"钱是王八蛋"

金钱（学名为货币）从诞生的第一天起，和人的关系就很微妙，一方面它像个人见人爱的大众宠儿，谁也离不开它；另一方面，它更像个私生子，爱它的人大都不敢公开宣称，甚至以谈钱为耻。因此，金钱的本名很少挂在人们口头，而代之以各种小名、别名、爱称、昵称，以至绰号。古往今来，人们怀着各种不同的心情，把形形色色的称呼加在金钱头上，这些称呼也就折射出人对于金钱的种种复杂心理。

钱币最早的一个别名是"泉"。除了因为原始形态的货币（如贝壳、珍珠）大都来自水中，泉也寓有源源不断之意。汉魏时期的许多种钱币上都铸有"泉"字，表达了人们希望钱能像泉水一样到处流淌，无所不及。直到今天，某些黑社会的隐语还把钱叫作"宣水子"、"白水真人"；有钱叫有水。

"家兄"，要算是对钱的爱称了。《太平御览》载晋成公绥《钱神论》有言："载驰载驱，唯钱是求。……爱我家兄，皆无能已。"兄，在封建家庭中占有举足轻重的地位。长兄如父，家中的许多事务要靠长兄来主持料理。弟、妹、家人对待家兄都须毕恭毕敬。这也就是称钱为"兄"的道理。然而，金钱毕竟是俗物，称钱为"家兄"，钱自然心安理得，对于真正的家兄，却未免有些不雅。于是，由"家兄"又演化出"孔方兄"这一称呼。

距晋成公绥作《钱神论》几十年后，晋朝南阳隐士鲁褒又作《钱神论》，文中有句："亲之如兄，字曰孔方。失之则贫弱，得之则富昌。""孔方兄"这一称呼既能表达对金钱的崇敬，又维护了真家兄的尊严，于是在历代文人中广为流传。北宋诗人黄庭坚曾戏作诗句："管城子无食肉相，孔方兄有绝交书。"自嘲与富贵无缘。苏东坡也有诗云："虽无孔方兄，幸有法喜妻。"

在钱的诸多称呼中，最能透视人的虚伪心态的，莫过于"阿堵物"一说了。据《世说新语》载，西晋大臣王衍雅尚玄远，常厌恶他的老婆贪财，嘴里从不肯说出一个"钱"字来。他的老婆想试他，便令婢女趁其睡梦时把钱币在床边高高堆起，"以钱绕床，不得行"。看他怎么说。王衍晨起，见钱挡路，无法下床，又要死撑着不说"钱"字，便喊婢女："举却阿堵物！"意思是"赶快弄走这个东西"。后人便将"阿堵物"作为钱的一个谑称。宋代张耒有诗称："爱酒苦无阿堵物，寻春奈有主人家。"

把钱看作龌龊之物，甚至是罪恶之源，这是人在金钱面前不能保持自信的一种偏执心态。中国最古老的治家格言《太公家教》中，就有"财能害己，必须畏之"这样的警句。西方文化的源头，古希腊悲剧中也有如下的诗句："人间再没有像金钱这样坏的东西到处流通。"莎士比亚在他的剧作中甚至把金钱斥为"人尽可夫的娼妇"。

其实，钱本身并没有什么肮脏不可言的，全在于人如何去对待它。古人也有对于钱的理想境界，叫作"你去我不烦，你来我不欢，不被你颠神乱志，废寝忘食，今后休说那有钱无钱"。只是一味地超脱、清高，并不能正确地处理人与金钱的关系。按照马克思的科学社会主义学说，金钱是人所创造的，最终还要被人所消灭。在人与钱相处的这一长长的历史时期，钱要为人所用，去创造人类共同的幸福。

相比之下，对于金钱能够保持比较健康心态的，反而是金钱相对匮乏的下层社会。北方民间有句俚语："钱是王八蛋，花完了再赚。"乍一听，这话有些粗俗，仔细咂咂，却是以俗对俗，转成大雅。"王八蛋"这一口头语并没有专门的所指，它所表达的是一种微妙的亲昵而略带轻蔑的情绪，如四川话中的"龟儿子"。把它送给钱做代称，真是绝妙的幽默。能把钱当作王八蛋的人，自然是钱的主人，他们虽钟爱金钱，却又不把金钱当作一回事，钱在他们眼里只不过是为人所用的仆役，而不是颠倒过来人为钱所役使。看着那些嘴上不谈钱，却最终被钱所玩的"上等人"演出的一幕幕闹剧，他们只当是看西洋镜，最多再送上一句"王八蛋"。可惜这句俚语始终被当作粗话，只是在大众口头流传，未曾见诸典籍。

辑
二

椰　情

　　朋友交往，总是一回生，二回熟，相处愈久，相知愈深。今年重访海南，和三年前结识的朋友再度相逢，了解深了，常会生出一些新鲜的感受。对于椰子，就是这样。

　　三年前，我在海南初识椰子，深为椰树的美丽和椰果的富有所倾倒。我以椰子作为海南的象征，回来后，写过一篇散文。现在看来，实在幼稚得很。

　　诚然，我写的都是真实的。一枚椰子确实就是一个小小的宝库。然而，这些都是写在书本上的，现实生活中，椰子五毛钱一枚摆在集市上，光顾者却不甚踊跃。这正像写在书本上的海南，是个美丽富饶的宝岛，而现实生活中，宝岛得不到开发，成了实际上的穷岛。这叫作"端着金碗要饭"。

　　海南人民盼望用自己的双手开发宝岛，创造幸福的生活。

　　在海南黎族民间传说中，有一个"椰子壳"的故事：

　　从前，有一个母亲生了五个孩子，头四个长得漂亮、健壮，第五个生下来却是个椰子壳，母亲很讨厌他，把他当作

在海南文昌（1985年）

废物丢进大河里，被一个老农捡到了。椰子壳请求老农收留他，并自告奋勇去放牛。

　　老农家有一个漂亮的女儿，每天给椰子壳送饭。椰子壳总说不够吃，姑娘感到很奇怪。一天，她送过饭躲在一棵大树后面，发现椰子壳轰的一声裂开，从里边跳出一个魁梧的小伙子，吃过饭，又缩回椰子壳。姑娘高兴极了，回去告诉了爸爸。

　　老农通过考验，也发现了椰子壳的秘密，就把女儿嫁给了他。从此，小两口相亲相爱，勤劳生产，过着甜蜜的日子。

故事的结局是发人深省的：椰子壳的母亲听说儿子过上了好日子，心想，我也应该有一份呀，就找到椰子壳住的地方，说："妈现在看你来啦！"椰子壳说："你嫌我生得丑，把我抛到河里，今天我不能认你做母亲！"说得母亲闭口无言。

一个母亲，不知道自己孩子的真正价值，这确是一件可悲的事。

这次到海南，街市上已经很少见到椰子，吃到椰子的机会，也少多了。认真讲，只有一次，是在文昌。

文昌以椰乡闻名，素有"海南椰子半文昌"的说法。文昌的椰子，又以东郊为多。据说，这里的人家生了孩子，总要栽上一片椰树，孩子长大了，椰树也开始结果；孩子结婚的时候，就用这树上的椰子招待亲朋。更有趣的是，谁家的闺女该出嫁了，也用椰子作为考验新郎的试题，来提亲的小伙子若三刀砍不开一个椰子，只好免开尊口。

3月初的海南，已开始进入炎热的夏季。我们从海口驱车直奔文昌东郊，一路上又热又渴，这些关于椰子的趣谈，倒成了消暑的话题。因此，当我们下车走进区委办公室的房门，一眼看见桌子上已摆好一大盆清亮亮的椰子水，不由得欢呼起来。

主人热情地招呼着："喝吧，这是刚刚打开的嫩椰子。"

一碗椰子水喝下去，顿时感到一阵爽风吹过五脏六腑，满身的热汗一下子消了下去，接着，还想喝第二碗。我不是第一次尝到椰子水了，仍然喝起来没个够。

看我们围盆畅饮的馋相，主人笑了，又端来各式各样的椰子糖，一一介绍着："这是硬糖，这是软糖，都是用当地椰子自己生产的。"

喝着椰子水，吃着椰子糖，主人的话题也始终没有离开椰子。他告诉我们，这里的土地历来不适宜种水稻，在以粮为纲的年代，经济作物不让种，农民一年到头只能以番薯丝维持生活。十一届三中全会以后，农村政策放宽了，农民的脑子也活络了。这里遍地是椰子，过去都两毛钱一个卖给城里，为什么就不能自己加工，就地增值呢？于是，农民们三五户、十来户联合起来，办起了大大小小的椰子加工厂，目前这样的联合体在全县已有一百多个，有的产品甚至达到了出口水平。通过综合利用，加工增值，椰子潜在的价值被挖掘出来了，由原来一枚两三角钱，提高到三块钱。椰子真正成为帮助海南农民发家致富的宝贝。

听过介绍，我们都要求去看看椰村风光。热情的主人带我们到建华山。这里是一个滨海的椰子王国，除了住房，几乎所有的土地，都种着椰子树。浓绿的椰村和碧蓝的海湾相接，晴朗的阳光透过羽叶洒落下来，在地上时时变幻着神奇的光环，那斜倚向海波的椰树倩影，那随风轻摇的羽叶，都使人恍如置身于神话境界。远处，隔海相望，就是风光绮丽的清澜港。

在椰村和海湾相接的地方，有一排很矮的茅屋，茅屋前，一位老奶奶正在低头用椰棕搓着绳子。见我们走近，老奶奶突然起身走进屋里，我们没有在意，已经走过了茅屋，突然听到背后老奶奶的喊声。只见老人双手颤巍巍地捧着一个硕大的椰子，嘴里说着什么。她的话我们听不懂，但从她那皱纹纵横的脸上，和那已经失去光泽的眼睛里，看得出她是在请我们吃椰子。我一下子呆住了，不知该说什么好，只是连连摆着手。

离开海南的时候，我买了椰片、椰蓉、椰糖、椰子酱等各种食品，要让家乡的人们尝尝海南的风味。回到天津，刚一亮相，这些食品就被同事们一抢而光。当同事们津津有味地品评着椰子食品的味道时，我眼前又浮现出了那一双颤巍巍地捧着椰子的手。

椰子的真正价值是什么？

也许，它是无价的吧！

情遗从化山水间

窗外，细雨敲打着荔枝树的碧叶，沙沙沙，不停地诉说着什么；平日清澈的流溪河陡地涨起浑黄的潮水，河对岸失落了那一弯金色的沙滩，只留下几丛青润润的灌木，在水波中摇摆；隔水相望的白石岭扯起一带乳白色的云雾，在山腰间回环缭绕，不肯离去。

就要告别朝夕相伴的从化温泉，一缕惜别之情悄然而生，像这雨中山间的云雾，缭绕缠绵，竟挥之不去。

七天前，从化对于我还是完全陌生的。接到《广州文艺》编辑部在从化温泉召开笔会的邀请，我曾在记忆中竭力搜寻关于她的信息。唯有的一点印象是，记得在一本纪念画册中，看到过一张周总理在从化的照片。照片上的周总理蹬着三轮车，帮宾馆的服务员运送衣物，那英姿勃发的身影、亲切坦诚的微笑，给我留下很深的印象。

来到从化的当晚，我们就步过碧浪桥，去探访周总理当年住过的翠溪宾馆。

一路上，编辑部的老钟指点幽径两旁的亭台楼阁，一一告诉我们：这枫树下的琉璃瓦亭，名为"滴翠亭"，周总理和胡志明主席曾在这里促膝聚谈；那松园一号楼前的兰花架，为朱老总当年植兰所用，附近的山岭间，曾留下朱老总寻找兰花的足迹……

翠溪宾馆三号，是一座三层楼的别墅，建在岭畔小溪旁，绿树清泉，暗处生幽。老钟说，有一次周总理离开从化时，已经从三楼卧室走到庭院，准备上汽车，突然记起没和炊事员握手告别，于是又疾步返回楼上……

此时，天已黑，楼也是黑洞洞的，只有泉水轻轻滴下山岩。一种人去楼空的怅惘袭上心头，眼前又浮现出那亲切、坦诚的微笑。

也许是这微笑已经融入从化的山水之中，我在从化的几天，时时感到被一种亲切、真诚的气氛围绕着、浸润着。

初看去，从化的美是淡淡的，几乎没有一处能够令人惊叹的胜境。这里山不高而碧透，水不深而清绝，比黄山逊其雄奇，比泰山逊其险峻，比西湖逊其明丽，比太湖逊其浩荡。然而，她山水相融，和谐安宁，美而不艳，柔而不媚，与人相处，亲切平易，使人如面对一位志趣相投的朋友，不必仰视，也不用俯视，你可以很快忘掉和她的距离，径直走

在广东从化温泉（1982年）

进她的心灵里去。这不是一种纯真高尚的美吗？

从化的美又是极有韵致的。不要说河西碧浪桥头，园林嵌于青峰的幽曲；不要说河东留春亭一带，荔树与荷塘相伴的谐趣；就连那偶然遗落于流溪河畔的一抹细沙，无意斜插在林荫道旁的几竿青竹，也是极幽极雅的去处。每天，当我朝倚晨窗，暮游林泉，仰竹叶梢头的露珠，听池中如鼓的蛙声，我发现，从化的山山水水也在注视着我。

我想起这样的诗句：

"我觉得你此刻注视着我的心，像早晨晴朗的静默注视着收获后孤寂的田野。"

　　然而，我的田野还没有收获，也就说不上孤寂。

　　来这里，本打算写一位北国的青年作家所走过的道路。有关她的材料，我带来一大袋，满心想拿出一篇真诚的文字来答谢主人的盛情。可是，从化的环境和我笔下所要描写的气氛实在相去甚远。文章刚刚开了个头，就写不下去了，思绪总是被窗外随朝夕晴雨而变幻的山水所打断：起风了，我惦记那一泓明镜可会被吹皱；下雨了，我担心山林里的宿鸟可会被惊扰。我心中常常涌起无名的激动，只有注视着流溪河静谧的碧波，才感到安宁。

　　最令人难忘的，还是从化人的真诚。街市上陌生人淳朴的微笑，宾馆里服务员热诚的问候，都是时时可以遇到的。受这气氛的感染，我们这二十多人的小集体，仿佛一下子回到了孩童时代，个性无顾忌地袒露，彼此无拘束地交流，不管是北京的、天津的、湖南的，都如同从化人一样。

　　在一次自发举办的联欢晚会上，一位当地的女孩子主动要求为我们唱歌。她唱了一首又一首，直到晚会结束了，还感到意犹未尽。回到住处，不知是谁拉起了手风琴，她又唱起了《我的中国心》。当唱到"长江、长城，黄山、黄河"时，我们大家同声相和。歌声划过夜空，在流溪河上空回荡，整个从化的山山水水都在和我们一起歌唱。

短短七天，从化给予我们的实在太多，而我能给从化留下来的，却只有这由衷的怀恋。当那位唱歌的女孩子举着纪念册，希望我们每人为她留下一首诗时，我即兴写道：

"愿你的明天是一首诗。"

这也是我对从化的祝愿吧！

坝上行

汽车开出赛罕坝机械林场，在草原上奔驰起来。很快，我就迷失了方向。

公路，那样细，那样长，像一条孩子画出的白线，弯弯曲曲地伸向远方。路两旁，野花汇成的波浪，不时拍打着车身，发出唰唰的声音，好像就要扑进车窗。

扑进来的，是清淡的花香。我不由得把脸贴在了窗口。

窗外，蓝莹莹的天际，飘动着雪白的云朵；无边的绿毯上，撒满了彩色的斑点；车前车后，到处是花的海洋。不过，比海洋更绚烂，更艳丽。7月的坝上草原，真个是名副其实的"赛罕坝"①。

瞧，那一片金黄的，是金莲花；那一片紫红的，是铜锣花；那一片雪白的，是走马芹；那湛蓝湛蓝的，和在天涯海角看到的大海一个颜色的花，我却叫不出名字来，问了问同行的伙伴，竟得着这样一个美妙的回答："山鸽子花。"

---

① 赛罕：蒙古语，美丽的意思。

扑棱棱，好像真的是山鸽子飞起来了，花丛中突然腾起了一阵喧闹——那是一只山鸡。栖在花丛中的山鸡是很难被发现的，只有当它飞起来，你才能欣赏到它的美丽。——它，也是一朵花。

草原上的花虽然品类繁多，却都开得泼辣、坦然，毫无娇羞之色；一大片紧连着一大片，自有一种自豪、大方的风度。她们本来就不是为了人们的观赏而开放的，那沐浴着阳光，天真烂漫的神态，在城市的花园里，是看不到的。

汽车在花海中浮游，又像是一匹脱缰的骏马，纵意驰骋。随它把我们载向哪里吧，只要眼前永远是这花的海洋。

车，终于停下了。我这才顾得上问一句："到哪儿啦？"

"点将台。快下车吧！"

眼前是一座小山丘，说是山丘，其实只是一块巨大的岩石，高不过二十米。在这一望无垠的草原，平地之上，凸起一峰，显得颇有些气势。走近看去，石多皱褶，经长年风化呈古铜色。石缝间生出的青草，使它极像一件刚刚出土的印满铜绿的古代文物。这就是当地人们传说的"康熙点将台"。

循小路，拽青草，攀缘而上，峰顶有一块平台。立身台上，只觉风声呼呼扑面，远近无有其高，虽是7月盛夏，犹有"高处不胜寒"的感觉。同伴介绍说，此峰虽然看去不高，但是由于地处高原之上，海拔已有一千七百多米了；又指点远方，北去数十里外，就是著名的乌兰布通古战场。眼前这开满鲜花的草原，清初曾是康熙皇帝出巡北部边疆的要道。二百多年前，清军在这里大败噶尔丹，维护了国家的统一，至今草原上还流传着许多关于乌兰布通之战的故事。我们脚下这座普普通通的小山丘，也由于传说康熙皇帝曾在此点将练兵而闻名于世。传说自然不足为据，这山丘确也没有任何练兵习武的遗迹。不过，历史功过，众口如碑，传说中往往寄托着人民的愿望。这正是许多民间传说历千百年而不衰的生命力之所在。

　　站在点将台上极目远望，草原上的鲜花已化作一团团彩色的雾气，朦朦胧胧，飘忽不定；那平地看去翁郁一片的树木，在视野里清晰起来了。眼前虽无金戈铁甲、号角连营，这远近层林叠翠，漫坡如织，蔚然组成一块块绿色的方阵，恰似那列队森然的士兵。这是赛罕坝机械林场育成的落叶松林带。这些落叶松正当生长盛年，齐刷刷都有一人多高，针叶呈雪花状，青翠欲滴，那勃勃的生机令人神情为之一振。

　　此时，太阳已经西斜，那橙红的一轮挂在松林梢头，金色的光环静静地融入花海绿茵之中，使草原显得格外瑰丽而深邃。苍茫四顾，我心中似有百感交集，不觉脱口吟出了四句短诗：

点将台上石嶙峋，

白云悠悠不见人。

百战壮士今安在，

满目青松郁成林。

回来的路上，我把在点将台的感触告诉同伴，谁知倒引他讲出了一段关于造林的故事。

这一带自古就是森林和草原交织的地方，平地俱为草滩，山冈遍布密林。乾隆年间，林木被大规模砍伐，后来，又不断遭到封建军阀乱砍滥伐，造成光山秃岭，泉水枯竭。解放后，这里建立了林场，从大兴安岭买来松树苗，准备大规模造林。谁知道坝上气候比东北还要冷。一年只有四十多天的无霜期，平均气温在零下八九摄氏度，外地的树苗怎么也栽不活。"到底能不能在这里大规模造林呢？"严酷的自然向创业者们提出了挑战。

一群刚从大学毕业来到林场的青年人，硬是不信这个邪。早年间有森林的地方，今天为什么不能造林？外地的树苗长不活，就自己动手在当地育苗。李兴元，这个孩提时就常做着绿色的梦的林学院高才生，是背着一身冤屈来到林场的。然而，一看到这光秃秃的山丘，他就心疼得忘掉了一切。育苗，成了他生活的唯一内容。朝顶寒星，晚戴明月，他把自己的理想和松子一起播进了苗床，也把自己的一颗心贴在了苗床上。浇水、保墒、测温、防冻，他像母亲哺育婴儿一样，体贴着松苗的冷暖。每逢多霜的季节，他常常整夜守护在苗床旁，恨不得和松苗睡在一起。仿佛是育苗人的青春活力传给了小小的松子，终于，一棵棵绿油油的松苗，顶破黑土，扭着身子长起来了。赛罕坝人工育成的第一代松苗诞生了。紧接着，由试种到大面积机械化造林，李兴元和他的同志们连续作战，古老的赛罕坝恢复了青春。至今，林场已造出近百万亩，森林覆盖率已达 80% 以上。我们在点将台上看到的，只是其中的一个角落罢了。

这是一个真实的故事，却比传说更美好。车窗外，花海依然那样艳丽，我顾不上欣赏了，忙向同伴打听李兴元现在的情况，真想认识一下这位赛罕坝上的创业者。

同伴遗憾地摇了摇头。当年的年轻人，如今都是中年骨干，挑起更重的担子了。三中全会后，李兴元被任命为林场副场长兼总工程师，不久前，又调到省里去主管林业工作。

我有些怅然，又感到欣慰。眼前又闪现出那一片片松林的绿影，绿得那样润泽，那样蓬勃，那样充满希望。

滁州行

绵绵细雨，从南京一直跟我到滁州。

在南京时，听说这场雨已经连续下了十多天，以至我所遇到的南京人，无不对雨深恶痛绝，厌烦透了。我却在心中暗自庆幸：雨既然下了这么久，待我到滁州时，大约会晴的吧。首届散文节选在《醉翁亭记》的诞生地——滁州召开，本来是很有兴味的，若是让雨给搅了，该多可惜。

谁知，醉翁亭散文节开幕那天，雨下得更大了。冒雨登琅琊山，确实十分扫兴。什么蔚然深秀，什么有亭翼然，凡是欧阳修在《醉翁亭记》所写到的胜景佳境，一概看不到。只有眼前重重雨幕，耳边哗哗雨声，不由得在心中暗暗埋怨这位醉翁，为什么山间的四时朝暮都写到，偏偏不曾写雨中的琅琊，使我们这些千里赶来访醉者，连附庸风雅的兴致都没有了。

东道主是有心人，散文节的开幕式就安排在醉翁亭内的醒酒阁举行。潇潇秋雨无止无休地洒落在亭外的石阶上，使人不由得不发思古之幽情。

琅琊山本无大名，自欧阳修写出《醉翁亭记》，作者的人格气质即寄托在文章中，并流荡于峡谷间，如山巅之朝晖夕岚。山川草木受其陶冶熏染，也都人格化了，才得以传之于世。正如明王世贞所诗："古往今来知几年，醉翁耿耿名姓传。一从文字勒石坚，至今草木争光妍。"

同是一座琅琊山，有了欧阳修的《醉翁亭记》，后人登临，每每见山思文，见文思人，浮想联翩，发出各自不同的感慨来。正所谓"览物之情，得无异乎"？山水的韵味在游人的联想中丰厚了，悠远了，不断获得新的生命。

宋朝曾巩、苏东坡，本是欧阳修的门生，被后人列入"唐宋八大家"。他们来游琅琊山，自然充满了对恩师的尊崇相知之情，不由得发出"先生鸾凤姿，未免燕雀猜。飞鸣失其所，徘徊此山隈"的感叹。明初宋濂，曾奉诏扈从，随朱元璋西幸中都（凤阳），路过滁州，登琅琊山时写下的是"承恩扈跸幸中京，侍从銮舆老亦荣……琅琊山近浮龙气，六一泉清泻玉声"这样的诗句，一副受宠若惊、得意忘形的媚态跃然纸上。明书画家文徵明则不失艺术家的气质，他在《重游琅琊山》诗中，表达的是"游山无穷如读书，愈索愈奇何虑熟。山灵虽静不厌乐，一百番来未为渎"的心愿；他感叹的是"人不常闲景难复","只恐重来更非宿"。到了清朝，倒是一位姓爱新觉罗的满族贵胄铁保，可谓和《醉翁亭记》的作者气相通。他在《游醉翁亭》一诗中，尽意抒发对于欧阳公的追慕景仰之情，甚至发出"咄哉群吏醒，何如此翁醉"的叹喟。这位乾隆年间两江总督的心中，大约也深藏着一番抱负吧！

这次参加散文节，我是和江苏作协主席艾煊同车来滁州的。汽车开过南京长江大桥时，这位一向寡言的作家向我谈

和徐开垒、徐子芳走访滁州农家（1985年）

起了滁州。艾煊是安徽舒城人。四十多年前，抗日烽火燃遍大江南北，少年时代的艾煊便走出家门，投入救亡工作。他最初开展工作的地区，就在这滁州一带。那时，他到一个刚刚解放的县里任乡党支部书记，在敌、伪、顽四面夹击的险恶环境中，建立基层抗日民主政权，搞减租，打游击……这一段富有传奇色彩的经历，后来成为他的长篇小说《大江风雷》的创作素材。1949 年，渡江战役时，艾煊作为随军记者，跟着渡江先遣队，就是从这一带的江面上抢渡长江、解放南京的。渡江前夕，他和战友曾登琅琊山，访醉翁亭。当时的情景，艾煊没有多说，他从身边的笔记本里拿出两张发黄的照片。照片上的醉翁亭，大门已露出破败迹象，而门前石阶上的解放军战士却英姿勃发，安然若定，毫无激战前的气氛。那凝视远方的目光，分明包含着真挚的憧憬。

在散文节开幕式上，艾煊又恢复了他那沉默寡言的常态，但我从他习惯性的手指动作上，看出他内心的翻腾，甚至有些心神不定。我忽然记起，艾煊在一篇回忆散文中，曾谈到他 1980 年重返淮上老区的复杂心情，当看到一条土墙草顶和四十年前原模原样的村街时，艾煊写道："这条村街，正是我多年来向往再看到的那个样子，但四十年前的陈旧村街果真出现在眼前时，却又感到这正是我非常不愿意再看到的。这种情绪的变化，也是我起先万万没有料到的。"在当年发生过激战、掩埋着九位烈士的遗体、今天仍旧是一片尘土漫天飞扬的荒沙丘前，艾煊忍不住内心的愤慨了："那年敲倒这个高炮楼，无法想象就是为了使它变成长期无树无花无人烟的荒沙丘。"他满怀深情地期待着，"这个土质瘦，但土层厚的荒冈丘，这九烈士的埋骨之地，但愿它们不要老是无可奈何地长烧草。也许会变成千亩杉木郁郁葱葱、风涛澎湃的林场吧"。

这里记下的既不是封建时代官场失意的文人那种"得之于心而寓之于酒"的山水之乐，也不是那些多愁善感的骚客，发出的"寥寥千载如逝川，谁与醉翁相后先"的怀古幽情。这是一个共产党员，一个老革命战士，回到他曾经战斗过的土地时的真实心情。在这块土地上，染过他的鲜血，掩埋过战友的尸体，他有权利要求，有权利期望。这要求，这期望，正是这次促使艾煊来滁州的动力吧？我想。但愿不要再使他失望了。

散文节的活动安排得十分丰富。学术讨论会后，与会作家划为四组分赴滁州各地参观访问，从城镇到乡村，呈现在我们面前的，是一派生机勃勃的景象。

滁州纺织厂是一家靠民间集资建设起来的大型企业，建厂仅三年就已形成两万纱锭的生产能力，实现年税利三百万元，成为皖东第一大纺织企业。在这里，我们看到昔日的农村姑娘，很快成为熟练的纺织工人。她们都是带资进厂，真正以厂为家，学习认真，工作努力，使产品始终保持上等一级水平，连上海一些历史悠久的老厂员工也不得不钦佩。

在滁州家用电器厂，我们（特别是几位女同志）被产品展室中各式各样的电熨斗迷住了。年轻的厂长介绍他们怎样通过改革，使一个濒临破产的小厂搞出了拳头产品。他们生产的扬子系列电熨斗，在与全国一百六十多个同行企业的竞争中，以质优价廉、注重信义取胜，占领了各大城市的主要销售市场。

有一次去县里参观途中，陪同我们的市委王书记突然叫司机停车，指着公路边一座很别致的院落说："这是村里一位运输专业户的家，小伙子刚结婚，新媳妇是城里的。我们进去看看新房吧！"

走进去才发现，这家新房和农村一般住房不同，完全是现代样式的格局：近百平方米的房子被隔成一小一大两间，里边的小间是卧室，外边的大间是客厅；客厅里吊灯璀璨，周遭围着一圈沙发。看这样子，完全可以开个中等规模的舞会。两位主人正好都在家，男的身材魁梧，靠汽车运输致富，一开始借钱买的一辆旧车，现在已换成崭新的"130"；女的长得很秀气，说起话来落落大方。我们都是一些爱刨根问底的人，碰到这样的好题目，都顾不得冒昧了，纷纷问起他俩的恋爱经过。女主人毫不羞怯，爽快地告诉我们：她在城里建材公司当营业员，小伙子常开车到她们那里拉砖瓦。有几次，砖瓦装多了，小伙子都如数退了回来，姑娘为他的诚实所动，渐渐产生了好感。开始，姑娘的父母不大赞同这门亲事，怕闺女嫁到农村受委屈，后来在女儿的鼓动下，老两口到男方家里看了看，回去再也不说什么了。结婚后，小伙子怕爱人上下班路远不方便，特地给她买了一辆摩托车。

新媳妇的话语里充满着幸福、愉悦的气息。我一面听，一面打量着新房里的陈设，裱糊一新的墙壁上，一长溜雪白的电钮吸引住我的视线。不用再多讲什么了，只要看一看，数一数，这一排联通着各种电器的开关，你就是语言不通，也完全能够感觉到，我们的农村，这几年发生了怎样的变革。此时，我心中升起的感慨，是在滁州的几天里，常常可以遇到的。

每逢这样的时候，我都会下意识地在人群中寻找那一张熟悉的面孔。我想知道，艾煊同志在这样的场合是怎样想的。可惜，艾煊和我没有分到一个组，但我可以想见，他那始终平静的、不大轻易表露感情的面容，一定会现出欣慰的微笑。

散文节的最后一项活动是到珠龙乡的农民乐园——龙珠园参加丰收联欢。

珠龙古镇坐落在连接中原到江南的古驿道上，东有清流关，西接广武卫。古往今来，有多少风云人物从这里走上历史舞台，而世世代代生活在这里的农民，又何曾有过自己的位置。只有在今天，解决了温饱的农民，才可能表现出自己的精神追求。这座集体集资、就地取材建起的龙珠园，就是农民要做文化的主人的象征。花墙、假山、曲桥、长廊，这里有和江南的古典园林一样的格局，只是更加平易，更加舒展，典雅中夹杂着农家的素朴。丰收节这一天，四乡的农民早早就穿上新衣服如潮水般涌来，在园中汇成欢乐的海洋。养鱼的专业户在"钓鱼"游戏中连连获胜，一手提着一瓶"蚌埠白酒"挤出人群又去看彩色电视；穿西装的小伙子"套圈"时百发百中，乐呵呵地转身钻进舞场跳起"迪斯科"。这边跳花灯的自编自唱，唱不尽的吉庆词儿，那边点爆竹的噼噼啪啪，响不够的火爆劲儿。丰收节的高潮是"放礼花"，一声声炮响，引来了一阵阵欢呼，只见天上是五彩缤纷的火树银花，地上是乐开了花的张张笑脸，直叫你看不够，乐不够，忘记了这里曾是历史上有名的穷窝窝。

　　置身在这欢乐的漩流中，我不由得感到一点遗憾，艾煊因工作脱不开身，已经提前回南京了。我想，再见到艾煊时，我一定要把今天所看到的一切都告诉他，请这位老战士放心，在他曾经战斗过的土地上，在欧阳修写下《醉翁亭记》的地方，我们的人民又在开始写新的篇章。

永安一线天记

永安市郊有胜地，人称"桃源洞"，不知得名于何时。此洞非洞，实为一山水相谐之丹霞景观。今夏，随参加闽西北旅游文学研讨会诸友同游此"洞"，始识其妙。

适逢雨霁初晴，碧空如洗。入洞即见赤色峰岩立于路畔，平地凸起，高百二十米，上杵云天，下临清流，雨后朝阳映照崖顶，碧水丹崖，蔚为壮观。极目仰望，崖壁刻有"桃源洞口"四个朱红大字，下缀七律一首，赞道："介破巉岩一涧流，探奇乘涨弄扁舟。悬崖高削千寻玉，幽壑寒生六月秋。点岫烟云闲去往，忘机鸥鸟自沉浮。武陵人远桃空在，临眺踟蹰意未休。"诗意平平，却点破桃源洞名出之典。

自靖节先生作《桃花源诗》，并以诗前小记传之于世，后人好事者多以"桃源"二字称名于山幽水秀之地。然盛名之下，其实难副。我在天津所居住的地方，既无山，亦无水，更无桃花，位于通衢闹市，唯见高楼林立，竟然也名之为"桃源村"，实在令人哭笑不得。

永安桃源洞倒是不同，进洞已觉几分仙气；从洞口缘溪前行，山渐幽，水渐曲，树渐稠，石渐奇；至跨虹桥，则四面云山，雾霭缥缈，远山近树，青翠欲滴，更令人不忍遽离。

细观此地山形水貌，颇似武夷神态。依地理论，武夷、桃源同属丹霞地貌，自然有异曲同工之妙。难怪宋相李纲在此题有诗句："栟榈百里远沙溪，水石称为小武夷。"

"小武夷"之名原是褒称，然而，山水性情与人相通，相似者往往缺乏个性，失去独立存在价值，褒中实寓贬义。以"小武夷"之名评说桃源洞风光，纵然山美、水美、树美、石美，堪称全璧，到底少了一点特色。

主人闻此言笑而不辩，只是加快脚步，引众人盘山而上。至半山，忽见绝壁迎面，几无去路。达壁前，方知巨石中尚有一罅，狭如刀劈之痕，直透崖端。旁书三个大字：一线天。

至此别无他路，唯有奋力向前。石罅上窄下宽，宽处仅容一人，钻隙必缩腹束手，目不旁视，稍有转动，即觉两壁逼肩，擦衣有声。自入口沿石阶斜上，愈深愈暗，愈暗愈逼，前不见出口，后不见来处，脚踏青苔腻滑无靠，头顶滴水触体生寒，一瞬间意识陷入混沌一片，几乎失去走通的信心。茫然中，仅能机械挪步向前试探。所幸前路竟无阻隔，三五步后，勇气倍增，心神复苏，肩头生力，左摩右撞在所不顾，脚下亦步步生根，倒像是峭壁本无罅隙，全凭双肩破开一条通路。偷暇俯耳石壁，间有所闻，似岩石乍裂之呻吟；望前方，可见远远一团朦胧，头顶也现出一线蓝天。至此，犹如历经人生险壑危峦，过去与未来同在，艰难与快感并生，正所谓"万般滋味在心头"。

走出峭夹，即是崖顶，复得丽日蓝天。山明水秀如故，林翠石奇依然，回首俯望脚下，一百七十四级石阶历历在目，已觉恍如隔世。沿山路转下，又遇棋盘石、凤冠亭、象鼻岩等景观，皆大同小异，不觉其胜。若论山水之胜，百美不如一绝。桃源洞自有造化所赠"一线天"，堪称天下之冠，余景皆拱列其后，何足多叙。当年徐霞客过此，曾留下"余所见'一线天'数处，武彝、黄山、浮盖，曾未见若此之大而逼、远而整者"的评价。经过亲身体验，方知此言并无半点虚夸。

奇怪的是，如此绝妙去处，又有徐霞客史笔流传，竟默默无名，鲜为人知。而各地僭称"一线天"之处，纷纷扬扬，名噪一时，皆不得望其项背。自桃源洞返住处，同行诸友纷论不已，均为此打抱不平，激昂者欲立即上书有关部门，为永安"一线天"申请专利。我独予此中根由耿耿于怀，百思不得其解。

回津后，偶翻名胜词典，见所列"一线天"条目，俱附于黄山、峨眉、武夷等名山之后，其名声并非自身价值所致，皆获于所依山名。而永安"一线天"，因所在栟榈山名气不够，不得入其列。可叹世间攀龙附凤、鸡犬升天之习，殃及山水。造化何辜！

思至此，心中虽有所悟，不平之气益甚，乃追记桃源洞之游，摒"桃源"、"小武夷"诸名不用，直呼"永安一线天"。

永安地处闽西北，居鹰厦线中段，不只山水皆美，民风尤淳朴。"一线天"屈此无名，亦和当地人平日不喜争绝斗胜有关。读者诸君如有存疑，尽可前往一游。

走进周庄

　　走进周庄，转过隔开新街的影壁，像倏然闯进一个梦。你不曾料到，刚刚漫步走过水泥沥青堆成的寻常街市，怎的一下子时光倒流百年。眼前这长街曲巷、黛瓦粉墙，古朴中透着似曾相识的亲切，那亲切又翳着一层久违的新鲜。你生怕踏破这个梦境，双脚蹭在石板路上，竟不知该向哪里迈步。疑惑间，衣带般绕来绕去的水巷过来牵着你的思绪，由不得你再去打捞记忆深处的印象。你只须循着水巷去寻找，三步两步，一挂高挑的拱桥不经意地倚在石条岸边，精致得如镂空的玉环。小心踏上拱桥，周庄顿时立在面前：街楼古屋参差着，逶迤着，摩肩接踵地向你拥来，倒比得桥下的水流淌得如静止一般。如果时间有分量，这河水远比古屋旧巷来得沉重；眼下它只是沉沉地绿着，像一整匹长长的翠绸向前滑动，滑过河棚，滑过埠头，滑过家家户户堂前庑下，滑向田野，又流成了一条喧腾的河。就是这小河联系着又隔膜着周庄和远处的都市。当都市里的水充满漂白粉的味道，当都市的空气醴醨得令人窒息，当钢骨水泥森林遮蔽着丽日蓝天时，周庄被发现了。那石板长街正好松弛紧张的神经，那曲水拱桥正好梳理浮躁的心态，古屋旧巷沧桑着城里人刚刚失去的一切，一切似乎都能在这里找到忆念的线索——周庄，成了都市人寻找慰藉的一场清梦。于是，恰好和水巷的静水呈逆向流动，四方的游人或乘船或坐车或步行，喧闹着拥向这里。周庄浓了；周庄的梦，淡了。

你不也是这样一个寻梦人吗？你曾一次次走向山林大海，向自然索还你本来拥有的自在；你也曾一次次地走进庙宇宫阙，向历史寻找你希望拥有的耐心。那是些怎样畅快怡人的梦！你尽可自由地与他们交流，倾听他们诉说，也诉说自己的心曲。可是，在周庄，在这自然与历史融合得了无痕迹的水乡小镇，你的梦却怎是这般脆弱，常被一阵隐隐的不安打断。这里家家向你敞开着大门，处处迎上的是质朴的笑脸。虽说寻梦的人多了，拥挤一些，却没有那些充斥旅游点的肆意叫卖，和尾随兜售的小贩。为什么你却感到交流是那么困难，话到嘴边又不知该说些什么。

双桥附近的埠头上，一个美术学院的学生在专心写生。突然，她盯住水面的眼神凝住了：河对面，一位上了年纪的妇女在洗菜，红红的萝卜，绿生生的菜，与河水中的蓝天白云搅在一起，沉静的水面乱了色调。小画家被眼前的画面迷住了，却调不出画板上的颜色，只有怔怔地发呆。你猛然悟到，这乱了色调的水面，不正是你此刻的心境！

作为水乡，周庄的水巷、拱桥、骑楼、石街并没有多少新鲜之处，只不过更集中一些，更精致一些，年代更久远一些。而在古董般灰黛色的建筑格调中，生动着的是自然季节的转换和那些中年、老年妇女的身影。河边淘米洗菜的是她们；灶头烧火摊饼的是她们；坐在沈厅纳鞋底的是她们；大街上耍龙灯、水巷中撑游船的也是她们。头上蒙一块印花毛巾，身着素花罩衣或靛蓝裤褂，任凭游客花花绿绿淌过眼前，她们安详地做着自己的事，像是经验丰富的演员。这些原本就是她们自家的生活，只不过这"生活"如今和周庄一起展示在游人面前，成为一道风景。家庭的私密性消失了，日常的随意感淡薄了，小镇还是旧日的小镇，生活却已不再是单纯的生活。其实，周庄人做出的牺牲远不止这些。从它决心向游客开放的那一刻起，周庄就注定要封闭自己，让历史凝固：古桥旧宅要维持原貌，风俗习惯要保留旧时模样，就连日常生活，也须追求一个"旧"字，容不得丝毫现代文明的搅扰。游人来了又去，面孔天天在换，他们看到的周庄总是新鲜的；从小生长在这里的周庄人，天天守着古旧的水镇，年轻人也会变老的。耐不住的，不是远走高飞，也要在镇外另辟新家。只有她们走不得，也不想走。这里有她们双手操持起来的家园，有她们割舍不掉的梦。你不是来周庄寻梦的吗？可知道自己的梦已闯进了主人的梦中。"梦里水乡，梦里水乡……"歌手们这样轻轻地唱着，竟不知为了圆这水乡的一个梦，又有多少人付出代价。

在周庄，到处可以看到介绍周庄的小册子，和五花八门的旅游纪念品摆在一起卖。随手翻翻，字里行间脱不开沈万三、叶楚伧这些名人的行状。周庄人没有忘记历史，也知道名人的价值。然而，眼前的周庄，这古朴又鲜活，衰朽中氤氲着家常柔情的水乡小镇，却是生活在这里的女人们的创造。所有关于周庄的书中，都应该写写她们，写写她们的心事，写写她们的梦……

这样想着的时候，你就要离开周庄了。在苏州火车站包裹寄存处，一位中年妇女见到你提袋上的"周庄"字样，眼睛一亮。

"是从周庄来吗？"

"是啊。你也去过周庄？"

"在那儿插过队。二十多年了。"说着，眼睛像蒙上了一层水雾。

你正想着怎样讲出关于周庄的印象。对方幽幽地叹了一句："那个地方，太苦了！"

你不由得一愣："这几年再没有去过吗？"

只是摇摇头。

你本想劝她一定回去看看，终于没有说出口。只是在心里更明白地告诉自己：

"周庄，我会再来的。不是寻梦。"

浓情小草坝

　　一个没有去过的地方，就像一本尚未打开的书，里面不知会藏着怎样的秘密。

　　经过十二个小时盘山路的颠簸，当我终于站在洛泽河与发达河交汇处的吊桥上，彝良，这座嵌在乌蒙山里的小城，便向我翻开了第一页。

　　吊桥通向将军山上的罗炳辉纪念馆，另一端，被大山逼窄的小街，连着老鹰岩。小街旁，黄槲树伞盖状的枝叶铺向河面，浑阔的河水打着旋儿向前奔流，映衬得弯成彩虹般的桥体愈加娴静娇俏。难怪当地的年轻人亲昵地称它作"情侣桥"。山清水碧桥俏，好地方！我不由得赞出了口。彝良人说，这算什么，到我们的小草坝去看看吧！

　　小草坝在彝良县城东北，相距三十余公里，原是林场，自然是古木参天，错落成林。其中有难得一见的珙桐、桫椤、水青树等珍稀树种。树林中，草丛、灌木、藤蔓，围着高大的乔木，织成一幅幅绿色的幔帐，直铺向山巅。山也多姿多彩，徐缓的峰峦间夹着突兀的绝壁，青黄的峭岩中，偶或可见赭色的丹霞地貌。小草坝是野生天麻的原产地，所产天麻自唐朝起就是进京的贡品。据说一百多年前，国外不知云南有个彝良，却知道小草坝。小草坝的天麻那时已走向了世界。天麻最喜阴湿多雨的气候。小草坝常年笼罩在薄雾中，细雨更是说来就来，在阴晦得有些忧郁的森林中，闪着光亮的是瀑布。漫山遍野那些像飞起来的天河一般的瀑布，也是小草坝最牵动我心的亮点。

刚进山，藏在坡下绿丛中的迎客瀑已令我流连。再向前行，汽车不通了，一泓碧潭横在山垭间。好在水中的石块清晰可辨，我们互相搀扶着跳石而过，转进山谷，忽然觉得山和树都生动起来，前后左右，目之所及，数不清的瀑布欢叫着、迸跳着，从高高低低的山峦草树间喷流下来，真像是牛街古镇上的幼儿园大门洞开时，一拥而出的孩子。瀑布使寂静的山谷喧闹起来，你觉得眼睛和耳朵都不够用，顾不上和哪个打招呼，只是一边转着身左右寻望，一边缓步前行。前面，说不定就在你的身边，会突然冒出一袭清亮的瀑布，将闪着光斑的水珠调皮地喷洒到你的脸上。待你定下神来仔细看去，远远近近的瀑布其实神态各不相同：有的水势生猛，直扑而下；有的一波三折，层帘叠垂；有的依石蜿曲，砸出怒放的水花；有的在树丛后面忽隐忽现，乍露还羞。沿着十里花溪通往银河飞瀑的山谷间，石有千姿，水有百态，简直就是一个包罗万象的瀑布博物馆。

彝良朋友说，小草坝景区刚刚开发，很多景点瀑布还没有名称，准备陆续完善。我说现在这样最好。有名固然利于宣传，便于记忆，也容易俗名伤品，盛名难副。小草坝这么多瀑布，为什么要一一命名呢？你看，这些瀑布依山势石形，各有各的流转形态，不正像我们每个人都有自己的生命轨迹，各不相同吗？你来了，开始可能会眼花缭乱，渐渐地，你发现有一挂瀑布很特别。你会凝神注视它，同时感觉得到，它也在注视你。那水帘、水滴、水雾都在和你说话。你不会问它叫什么名字，只是感到亲切，感到它在那儿其实是等着你来，感到那水质的明净、水流的走向，连着你的心思，连着你的命运，今天，昨天，甚至还有明天。许多话似乎说过，又似乎什么也没说，但都不必说了，只需静静地相对……这样的时刻你还能忘得掉吗？

按照小草坝的日程安排，第一晚举行篝火晚会。晚饭后，下起了小雨，我们有些迟疑地赶往会场。一下车，只见偌大的空地早已里三层外三层挤满四乡赶来的村民。五颜六色的雨衣雨伞被雨水冲刷得鲜鲜亮亮。不少彝族、苗族山民穿着自己民族的服装，草地上好似一刹那开满了鲜花。雨下得大起来，篝火嗵的一声点燃了，人群欢叫着前呼后拥，腾起一股热浪。我们被热浪裹挟着挤进会场。许多乡民是全家出动，好奇的孩子们一会儿就从父母的雨伞下挤到我们的雨伞下，黑黑的头发滴着雨水，亮亮的眼睛盯着我们看。他们的父母在后面抿着嘴笑，任我们把孩子抱起来，就像在自己家里。

　　晚会不知怎的就开始了，报幕的、演出的，起初还打着雨伞，后来索性把伞扔到地上，冲上去喊，去唱。人的情绪

和刘醒龙在云南彝良（2004年）

是相互感染的，此时的雨水倒像是油，将全场的热情燃得更旺。晚会的最后一项内容是全场跳民族舞。欢快的乐曲响起来了，我们和刚刚相识的村民们手拉在一起，腿脚不由自主地随着音乐的节拍舞动起来。扣手舞，踏脚舞，一支曲子又一支曲子。雨小了，又渐渐大起来，没人再注意这晚会的不速之客。舞动的圈子越跳越大，几乎要把四周的山都拉进来。此时我悄悄退出，想从远处看看这狂热的场面。只见同来的舒婷和一位当地的女孩儿坐在场外。女孩儿只有二十来岁，依偎在舒婷身边抽泣着，雨水和着泪水从她俊俏的脸上淌下。舒婷说，女孩儿的婚姻很不幸，刚刚怀孕男人就有了外遇。她在把舒婷当作最可信赖的亲人，倾诉着心里的委屈。

记得在从昆明到彝良的路上，最后翻过的大山叫"龙潭岭"。那一段盘山路只有一个车的宽度，一边是峭壁，一边是悬崖，转弯时要早早地按响喇叭。汽车刚过山垭，就被浓雾包围了，前后左右混沌一片。我们像是被抛到了另一个星球上，心悬在半空，眼睛徒劳地瞪着前方，有人索性闭上眼睛。那一刻才体会到，尘世间真实是多么宝贵。虚幻，哪怕是美的虚幻，也是最可怕的。在小草坝的瀑布前、篝火旁，我的心是踏实的，我找回了生活中最宝贵的东西。

涵江的魅力

　　细雨霏霏的日子，最适宜做的就是怀旧了。到涵江的第一天清早，刚出门就赶上了扑面小雨，主人恰好安排我们去宫口河一带参观。涵江现为福建莆田市的一个区，北连福州，南通泉、厦，是闽东南的商贸重镇。宫口河是涵江的城内河，旧时公路交通不发达，宫口河就是涵江联结外部世界的黄金水道。据说一百多年前，商船从这里经三江口可以直接出海，远航江浙、上海。史书上也有光绪二十二年（1896）"外国商船直抵三江口易货"的记载。那时，宫口河上帆樯林立，喧声遏云，河两岸商铺比肩，檐瓦蔽日，莆仙一带的桂圆、纱布、蔗糖，和舶来的百货在这里流转、交易。人流、货流随着宫口河水涌进涌出，极一时之盛。涵江遂有"小上海"的美誉。

　　细雨夹着主人的指点在空中飘洒。我们站在宫口桥上，竭力从雨伞下张大双眼向河面望去。泛绿的河水空荡荡的，只有雨滴敲打浮萍发出悄寂的声响。当年吞吐百舸的景象已无一丝痕迹。我们来到廿五坎，这是宫口河边硕果仅存的旧建筑，系民初巨商陈家留下的商住楼。底楼带有巴洛克风格拱门的回廊，当年就是摆满货物的店铺。条石砌就的埠头，从拱门伸向水面，令人想起涵江的另一个旧称：东方威尼斯。可惜廿五坎见证着岁月，也承受着岁月，现已残破不堪风雨了，埠头积着垃圾。

倒是随后两天的乡镇之行，使我看到了涵江的另外一面。无论在富庶的兴化平原，还是偏远的白沙山区，那散落在民间无处不在的历史文化印记，一次次冲撞着我的心。

江口侨乡上后村，高低错落着一排排宽敞的楼屋，红瓦绿窗，雕饰各具异域风采，屋顶却一律翘起高高的燕尾脊，远远望去恰似一群归巢栖息的燕子。在海外打拼多年的华侨，不论身在何方，总要节衣缩食，攒下钱来回家乡造一座大屋，老少同堂，聚族而居，才觉得不辱没祖先。这已经成了侨乡的传统。那高高翘起的燕尾脊也正像系住缆绳的风帆，标示着远行人永远把根留在故乡。

这股根的脉息，在白塘洋尾村绵延得更为久远。这里是莆田李氏的发祥地。据说武则天称帝时，李唐皇室的一支避乱来到兴化，生息繁衍，蔚成望族。其后代最著名的就是宋时抗金将领李富。靖康之变，金兵南侵，破汴京，虏徽钦二帝。李富虽已年逾不惑，值国家危亡之际，毅然毁家疏财，招募兴化子弟三千，循海路北上抗金，编入韩世忠所部，随后接连攻城复地，屡建战功。因南宋王朝甘于偏安一隅，主降派秦桧迫害异己，李富空有报国宏愿，甚而自身难保，遂辞官回乡。返乡后李富热心公益事业，修桥办学，围海垦田，造福桑梓，先后建造的石桥三十四座，至今还在发挥作用。乡人竞相传颂：乐善之士必推李制干（李富的官职）为第一人。

李富祠是一座宋代建筑，最吸引我的是门楣上和梁栋间

和林非、黄文山在福建涵江（2005年）

的匾额。"陇西派衍"、"天潢睿脉"自然标榜着李氏的根脉。正中的两块横匾，一幅新一些的黑底金字写着"追远"两个大字，一幅古旧的木质有些开裂，是四个厚朴的黑字"种德传心"。我心中一动，举手把这四个字拍了下来。好一个"种德传心"。涵江人祖祖辈辈积养的开拓、坚忍、善良、自信，都凝聚在这四个字里。这已经超越了血脉的延续，昭告着一种心灵的根本，精神的传承。

在涵江乡间，随处可以看到蕴含祖训意味的楹联，书法有功力，词语见根基，非互相传抄的吉祥话。白沙坪盘村的一户农家正在筹办婚礼，一进门就感到浓浓的喜庆气息，街坊四邻都在院里帮忙操持，我们不便打扰，道贺后忙告辞出来，回头瞥见角门上一副白头联的下半爿"虽无恒产有恒心"。它令我想起莆仙一带民间广为流传的两句古训："地瘦栽松柏，家贫子读书。"历史上莆田一带曾是全国藏书最盛之地，莆田李氏、言氏，历阳沈氏，兴化陈氏，都是名重一时的藏书家，"诗书为八闽之甲"。正是在这样丰厚的文化土壤上，才得以诞生南宋著名史学家、文献学家，堪称"草根学者"的一代宗师郑樵。

郑樵，一介布衣，结草为庐，隐居夹漈山中，发愿治史。十年借书求读，"遇有藏书之家，必留宿，读尽乃去"；

三十年治学著述，拜田夫野老为师，观天象变化、鸟兽生活，"风晨雪夜，执笔不休，厨无烟火，而诵记不绝"。身后留下六百余万字著作，仅《通志》二百卷，会通天下之书，自成一家之言，被后世学界公认为继司马迁《史记》之后，又一部纪传体通史巨著。

夹漈草堂三间，隐于五峰簇拥的山坳里。郑樵自谓："斯堂本幽泉、怪石、长松、修竹、榛橡所丛会，与时风、夜月、轻烟、浮云、飞禽、走兽、樵薪所往来之地。"今存草堂经后人翻建，虽覆茅易瓦，仍简陋如初。除书与古灯，最醒目的是木案上陈放的"四白"：白豆腐、白生姜、白荞头、白盐。史载当年朱熹慕名上山拜访郑樵，郑樵以"四白"款待，两人相见甚欢，切磋多日。朱熹视"四白"为山珍海味，"礼至重矣"。草堂雅聚，传为佳话。正像国外多有以盐和面包欢迎贵客的习俗，"四白"的故事，不只传达着俭朴为荣的理念，更是人与人之间对本真的追求与坚守。这种追求，这种坚守，早已跨出草堂，在涵江，在莆田，蔚为民间风尚，扎下精神的根。

告别涵江的时候，天又下起了雨。穿城而过的福厦高速和324国道上，车水马龙，追赶着雨脚。路两旁一座挨着一座，还在不断开建的商贸城，在雨雾中氤氲成一幅颇具古意的水墨。来也潆潆，去也漾漾，涵江，我刚刚结识又要别去的朋友，印象中还有些模糊。不过我相信，和沿海千百座城镇一样，涵江正张开双臂，迎接着自己的新兴。而在楼宇商厦、高速公路的后面，赋予涵江独特魅力的，是民间，是开放中的坚守。

念太湖

太湖太大，不论从什么地方，都只能看到一个角落，尽管一角，已是漫无边际了。第一次在无锡，沿梁溪河乘船而入。河巷窄，烟柳夹岸，青青芦苇扫着船帮，唰唰地，让人心痒。船过浦岭门，绕灯塔，出鼋头渚，顿觉眼前通亮，湖光融融泄泄，扑个满怀，像是久别重逢的友人，满面笑容，张开双臂跑来。湖波鼓荡着，闪烁着，一碧万顷。天边苍茫处，浮动着的是云？是山？眼睛已分不清，能感受到的是大湖才会具有的内力。

那是20世纪80年代初，很多事在重新开始。我们乘坐的"梁溪号"，是太湖第一艘游览船。开发这一项目的航运公司的小张，二十多岁的海军复员兵，很健谈。我们聊得投机，成了朋友。几年后，再去无锡，小张已是旅游公司的老总，忙得没时间聊天，听说我要到杭州，特地安排乘公司的游轮去。他们的业务已扩展到杭州了。

那时年轻，想多看看太湖，就借辆自行车，从城里骑到鼋头渚，一直下到湖边，找块石头坐住，任湖水轻拍着脚踝，静静地听，有童谣的咿呀声传来。极目望去，湖中的小岛摇啊摇的，似有，若无，满是仙气。"忽闻海上有仙山，山在虚无缥缈间。"太湖可是有七十二峰呵！仲春季节，湖水由浑黄转清绿，水中映出的是一双明亮又好奇的眼睛。就这样对视着，一直到夕阳西下，湖面拖出金紫色的霞影。

有机会上岛，是在 20 世纪 80 年代末，艾煊作品讨论会在太湖西山召开。很早就知道西山，借助艾煊的散文《碧螺春汛》。1963 年，我从军在小兴安岭，山中无书可读，只有靠邮购，其中就有刚出版的《碧螺春汛》。艾煊笔下的西山，像刚刚醒转来的孩子那样惺忪可爱：曲曲弯弯的山径，有时贴着湖边，有时折进山坞，路旁靠湖边的桑田里，突然传来女孩儿的悄语；坞里的楠竹漫山遍野，分不清竹干、竹枝、竹叶，阳光透过薄叶，照到林下，明亮嫩青的光影，似新炒的碧螺春投进一杯滚沸的山泉。作者最动情的，是对于西山岛上普通劳动者日常生活的描写。采茶的姑娘，炒茶的阿叔，捕鱼的老大，巧手的绣娘，用自己的劳动创造着美。作者由衷地赞美他们，敬重他们，令读者不禁心驰神往。去苏州前，我特地从藏书中，找出 1963 年版的《碧螺春汛》。会前在南京拜访艾煊，老艾摸着书，感慨不已。他告诉我，1957

年落难后，西山人接纳了他，把他当作自己人，称他为"新农民"。西山人的淳朴和包容，给予他温暖。他称在西山的日子，是"回到人间"。说这话时，老艾厚厚的眼镜片下，闪着泪光。

带着《碧螺春汛》去看西山，我有些失望。西山给我的印象并不深。岛上看湖毕竟没有湖上望岛神秘。石公山、缥缈峰不过是寻常山丘。缺乏生活的切肤感受，审美也是肤浅的。艾煊上岛后很少说话，神色凝重，一路上看得非常仔细。我知道他内心翻动着许多感触，他是有话要说的。果然，在老艾后来发表的文章中，我读到了他此时的复杂心情："走出渡轮，我踏上了向往多年的西山故土，心中既有喜悦也有惶惑。有种预感，要不了几年，西山将会变成一个有山、有水、有洞、有果林、有庭园、有现代化设施、游人如蚁的观光览胜之地。社会的淳朴，将要让位给浮华。果林的幽静，将要让位给喧嚣。纯净透明的湖山，将要被煤尘浊烟所污染。理智上，我不得不接受这种丑的蜕化。情感上，我拒绝这种美的异化。"

一晃又是十多年。前年春上，吴中友人新著小说问世，恭贺之际，去太湖三山岛转了半天。据说自太湖大桥建成，西山已是人满为患。艾煊当年的预感成真。老话说，上有天

和黑陶在太湖大浮（2014年）

堂，下有苏杭。现在的天堂，要到太湖深处的小岛去寻。几十户人家的三山岛，小而精致，远看宛如盆景。岛上有山无名，山不高，也有陡坡，也有峡涧，逼窄处只容一人擦衣而过。山上多秀岩。宋徽宗曾命人在这一带采挖太湖石，运到开封，建造万寿山御花园。《水浒传》中，青面兽杨志在梁山自报家门，讲过这故事。结果是园子建成，国家丢了。转过山坳，绿茵环抱处，一块硕大的太湖石，屏风一样面湖兀立，周围随处可见当年采石留下的石坑、石洞。大自然千年穿凿，成就太湖石瘦、皱、透、漏之美。人的一时贪心，空遗废墟一片。美丑相形，成无言之书。

岛上最难得的是清幽随意。原生态多，假古董少。有鸟鸣啁啾，无汽车喧嚣。漫步山路，果树遮阴，绿叶间隙亮闪闪的，是太湖的波光。山是要靠水来滋养的。没有月牙泉，鸣沙山不过一抔黄沙；离开太湖，七十二峰哪个能成气候？

村长，我们戏称他岛主，介绍说，岛上人家世代多以渔桑谋生，近年发展果木，拟开发生态旅游，刚才为我们导游的中年人，就是渔民。村长办公处为一老屋，瓦覆青苔，原木立柱，过厅墙上，白粉斑驳，依稀可见"文革"时的语录，和大大的"忠"字。八个崭新的玻璃框，一字排开，压住半边"语录"，上题"三山村村务公开栏"，一行行明细，尽是全村财务收支账目。世事沧桑，三山岛也在变革之中，我只有在心里念一声：珍重。

关于太湖的记忆，都和湖畔的朋友们连着。我是把太湖也当作朋友的。愿他健康！

鲤鱼溪的女儿

　　一个孤陋寡闻的家伙，不幸又没有自知之明，那他免不了会像我在周宁那样遭遇尴尬。

　　周宁藏在闽东北的大山怀抱里，山是一重一重的翠，水是一叠一叠的清，从城市的喧嚣猛地被抛到这湖光山色之中，人是很容易忘乎所以的。不要说远道而来的我们，就连接待我们的小郑，这个修长文静的周宁姑娘，一到九龙漈也像换了个人，一下子野了起来。只见她脚上好像安了弹簧，在攀山栈道上来来回回跑着，一面招呼着我们，还忙里偷闲地一会儿摘一朵路边的花，一会儿扭过头去指着远树上的红果子喊我们看。她说，小时候常和弟弟来这一带拾浆果，回家晚了挨打是免不了的，撒什么谎都没用，嘴唇的颜色就泄露了天机。我心想，哼，要不是陪着我们，这丫头说不定会上树呢。

　　九龙漈上下三百米，依山势折成大瀑九叠，小瀑无数。我们从四叠向头瀑攀登，漈水如练，在身边忽隐忽现；瀑声如琴，在耳畔错落轰鸣。人在山间身心放松，随瀑布的跌宕走走停停。耳目之间，青苍笼盖，声色怡人，脚下不由得轻快许多。登至半途，小郑突然悄声叫住我："嘘——，站这儿别动。把身子横过来。仔细听。"看她那神秘劲儿，我有些茫然，还是照着她的样子去做，把头探出栏杆。心静下来，耳边果然不同，浑然一片的流瀑，仿佛能听出大弦嘈嘈、小弦切切的交错声音。"这里正好是三叠与四叠中间，两个耳朵能听到不同的声音呢。"经小郑提醒，我才恍然大悟，对眼前这位热心的姑娘不由得刮目相看了。这样抉细发微的艺术感觉，如非从小经过专业训练恐怕难以达到。她应该是出自一个艺术之家吧？心里这样猜想着不由得问出了口。"我是在鲤鱼溪长大的。"小郑有些答非所问。我随口调侃了一句："那你是吃鲤鱼长大的喽。"话一出口我就后悔了。原本有说有笑的小郑一下子僵住了，微微泛红的脸色霎时沉下来。只一瞬间，几乎不被人察觉的一瞬间，云彩飘过去了，她才一字一字缓缓说出："我们那里是从来不吃鲤鱼的。"该死，我在心里暗暗自责。鲤鱼溪是福建省的旅游招牌，也是我们这次采风的目的地之一。刚到周宁，东道主就做了介绍，我偏偏没有注意听，竟鬼使神差般说出这样不得体的话。这一刻我的尴尬肯定写满了脸。小郑察觉到，又补上一句："这是祖上

在福建周宁鲤鱼溪（2009年）

传下来的规矩。你到我们鲤鱼溪看看就知道了。"我却等不得了，虽然日程安排下午就该到鲤鱼溪。小郑似乎也觉得让我这样一个"鱼盲"漏网是她的失察，有责任先给我扫扫盲。于是，九龙漈的后半段行程，鲤鱼溪就成了我们共同的话题。

这是个古老的话题了。八百年前，中原战乱，郑氏先祖从河南避乱入闽，在紫云山麓的溪水畔找到安身之地，沿溪建起浦源村。为保饮水安全，溪水中放养鲤鱼，去污澄清。鲤鱼成了与人休戚相关的生存标志。甫经动乱，形成规矩并不容易。生存的法则只诉诸道德是靠不住的。平常年景人鱼相安；逢到灾年，食不果腹，鱼就难保安全了。郑氏八世祖晋十公为保鲤鱼用心良苦，先是与村民约定，严禁捕鱼食鱼，违者不仅受到鞭打游街的严惩，还要罚请全村老少吃酒三天，唱戏三天。立约后，晋十公故意让孙子下溪偷鱼，随即当众宣布自家违禁，按律认罚，以苦肉计为乡约树威。而后，又传出溪中鲤鱼原是仙凤山三仙姑幻化而成的故事。故事讲得有鼻子有眼，说是三仙姑变化成又脏又丑的老妇，携子乞讨处处遭到嫌弃，在浦源村却家家向她敞开大门，任孩子撒泼尿床，搞得一塌糊涂，仍得到村人善待。三仙姑考证得出，这里的人一心向善，遂幻化成溪中鲤鱼，为村民保护水源。宗法的力量，神祇的力量，一起被动员起来为鲤鱼溪的生态保驾护航，久而久之就形成了爱鱼敬鱼、人鱼相偕的传统。为了表达对鱼的尊重，在两株参天拥抱的古柳杉下专设了鱼冢。自然死去的鲤鱼，会被送到这里安葬。每到清明时节，还要为鲤鱼举行隆重的祭悼仪式。那一篇《祭鲤鱼文》写得好："人谙鱼性，鱼钟人情，人鱼同乐，颐享天年。人非草木，焉能忘情？衔悲忍痛，还招尔魂。"浦源村的鲤鱼和村人一样，生与死都享有同等的尊严呢。

"鲤鱼真的有灵性。你对它好，它会记住。"夏天里洪水冲来，鲤鱼们死死衔着岸边的草根不肯离去。村民们于是在岸坡遍植蒲草。蒲草柔韧，弯弯地垂向水面，鱼儿衔起来可以省些力气。又在下游开挖葫芦塘缓冲洪水。修筑堤坝时，特意留出一些石缝，让鲤鱼有个冬暖夏凉的休憩处。到了产卵的季节，鱼群溯游而上，桥下的流坎成了必须跃过的龙门。鱼儿很聪明，耐着心一点一点往上蹿，蹿一下，歇一歇，最后一段总要在石缝里攒足了力气，然后猛地跳起来直蹿过去。那场面真是壮观。半夜里，村民听到溪里"扑通扑通"的声音，知道鲤鱼在跳龙门，都会暗暗为鲤鱼加油呢。

歌儿里唱道："鱼儿离不开水，瓜儿离不开秧。"鲤鱼溪的鱼儿可是离不开人啊。小郑至今难忘，小时候喜欢端个碗坐在溪边吃饭，一坐下鱼就游过来了。一碗番薯饭，人一口，鱼一口。吃得快活了，把鱼从水中抱起来，乖乖的像个孩子，稍一松手鱼又泼剌剌翻回水中。看着鲤鱼在溪水中悠闲自在地游着，那灵动的身姿实在太美了。"能像鱼儿一样游起来就好了。"心里这样想着，就偷偷模仿鱼的形态，边唱边跳，渐渐喜欢上了舞蹈。"这就像山里边的树，自然长起来，各有各的姿态。这状态不错。"开始爸爸反对。其实爸爸也爱好艺术，唱样板戏的年代演过少剑波，平时话虽少，写得一手好文章，又会拉二胡，闲下来还教妈妈唱歌呢。他只是怕耽误了女儿的功课。小郑的祖上做过官，看不惯官场的黑暗。官场的龌龊和鲤鱼溪的气息实在不相容，在浙江当了三个月的知县就不干了，留下祖训，不许后代为官，要靠自己的本事行医或教书，做些有益的事。小郑初中毕业报考师范学艺术教育，爸爸很高兴。这以后艺术的门打开了，不仅是舞蹈。艺术是相通的，音乐，戏剧，编导，自己无法用身体语言去表现的，就发挥想象，指导别人去实现。现在的小郑心变得很大，带了很多学生，教舞蹈，教声乐，教钢琴。她有自己的教学原则："教钢琴，教到五级就不教了。我自己弹到十级，只能教一半。不能把孩子耽误了。"她是在做艺术的启蒙，让孩子们将来懂艺术，会生活，善于和自然相处。她要把鲤鱼溪赋予她的艺术灵感，传给更年轻的一代。

小郑的讲述令人神往。真的到了鲤鱼溪，眼前的一切又是那么普通，一条小溪浅浅的，长不过五百米，五弯六曲，穿村而过，宽处五七米，狭处仅两三米。溪上多以石板为渡，间有朴拙小巧的石拱桥，两岸铺着鹅卵石小径。临水而建的民居，多是瓦顶木屋，依溪水的流转逶迤成太极图的走向。最引人注目的自然是溪中的鲤鱼。拿块光饼，拍拍手，鱼儿闻声而至，唼喋之间，甚是有趣。鱼分两类，一类斑斓夺目，一类青灰隐忍。小郑说，溪中的鲤鱼原本都是青灰色

鲤鱼溪石牌坊

的，这些年开发旅游，每年三月三，从霞浦回乡祭祖的族人带来五彩的锦鲤放养。渐渐地，锦鲤多了，青鱼倒少见了。也是为了开发旅游，鲤鱼溪的上游新辟出九个串联在一起的小岛，八只石鱼雕塑刚刚落成，岸边的小商店供应着特色小吃和工艺品，以后还要建大酒店、儿童乐园。新区的色彩和锦鲤的斑斓相匹配，拍出照片来挺漂亮。这才记起，以往介绍鲤鱼溪的图片上看到的都是锦鲤，并不见黑不溜秋的青鱼。随溪流向下蜿蜒而行，游览的味道渐淡，生活的气息渐浓。过了真趣桥，色泽沉实、泛着青苔的老房子多了起来。家家都敞开着大门，绕膝的孩子簇拥着小郑喊姑姑，院子里歇息的老人招呼着进屋来坐。屋子里的陈设大都简单安静，倒是梁上的燕子穿来穿去添了许多热闹。这家人为了方便燕子来筑窝，特地在梁上搭出块木板。小郑抬头望了望，说这是秀芳家，小时候的同学。问起她的家，小郑指着巷子深处的高墙："我家是三进的，两个天井，后面有个挺大的园子，人都进城住了，现在空在那里。正想着用它圆了我的心愿，建一个艺术教育基地。"我笑她三句话不离本行，她也笑了，一脸陶醉的样子。

再回到溪边，埠头上多了些洗衣服的妇女。蓝色的牛仔裤，红红的运动服，橘黄色的棉毛衫，在溪水中漂过，挂在向阳的山墙上，苍褐斑驳的木纹被印得五光十色；岸边架着的杉木排，摆放了一溜小鞋子，白球鞋，黑布鞋，红拖鞋，像是沿河嬉闹的孩子们跑累了，四仰八叉地晒太阳。一个中年妇女在清洗晾衣服的竹竿，没想到竹竿被虫蚀了，一拍就裂。女人骂了一句什么，抬头见我们正隔河相望，脸一下子红了，摔掉手中的竹竿也笑了起来。我发现，老屋聚集的地方，乡情更浓，溪水中青色的鲤鱼也多了起来。鱼和人也是有默契的吧？一路上，小郑的言语没离开过鲤鱼，听得出她内心的情感可是有差别的。她把青黑色的叫本土鱼，锦鲤则称为观赏鱼。"青鱼，每一条都是我看着长大的，我能说得出它们的年龄。这彩色的观赏鱼就认不出了。"将心比心，溪水里的鱼儿们一定也会这样观察、分辨着岸上的人群。看着我们这些走来走去无所事事的人，它们会撇着嘴说，哼，这是些游人。游人嘛，就是些游手好闲的人呗。对那些洗衣洗菜，筑堤修坝，和它们共过患难的村民，对那些食则同器，游则同戏，一起长大的孩子，它们早就认作家人。如果有谁能够懂得鱼的形体语言，应该看得出，在小郑面前，青黑的鱼儿游得那么自由自在，仿佛是密友间说着悄悄话。而我们呢，大约只能用食物逗引些观赏鱼罢了。这样想着，不觉生出些惭愧。"八百载淳风造就此中风景"，我又能为鲤鱼溪做些什么？只有在心里盼望着小郑的艺术教育基地早日建成，至少可以和孩子们一起唱唱歌。这鲤鱼溪是需要孩子们的歌声的。

北塘的鲜

　　印象中北塘是以海鲜著名的。每年春秋汛期，海鲜上市，满大街泛滥的鱼虾海蟹，在小摊贩们"北塘的"、"北塘的"、"鲜了"、"鲜了"的吆喝声中，撩拨着天津人的馋虫。这时候，再会算计的人家，也要拎上几斤皮皮虾解解馋。我的老家在山西，不知哪一代祖先传下来的习俗，不吃鱼，海鲜更甭说了，闻都闻不得。父母一辈年轻时从老家来到天津卫，也算是入乡随俗，逢年过节渐渐动了鱼腥，仍是不好此口。兄弟姐妹长大后分头过日子，也有完全被同化的，和本地人一样嗜海鲜如命。唯有我最顽固，几十年鱼虾不沾，常常在社交场合弄得主客两头尴尬。好多年前，朋友拉着来北塘玩，那时还不兴旅游，到北塘就为吃海鲜。我本不愿凑这个热闹，一来盛情难却，二来也想看看这个被称为"金邦玉带"的古镇是个什么样子。结果实在扫兴，哪里有什么古镇，一个破败的小渔村，没有像样的建筑，渔家门前搭起架子织补渔网就是一景。街上简陋的海鲜餐馆一家挨着一家，有的索性在路两旁支桌开吃。朋友说，到这儿来没有吃环境的，说着点了几样鱼虾。正好有新开船的海螃蟹，一人要了两个，碗口大，珊瑚一样红。我想借故躲开，朋友把我按住，放重话说这儿的螃蟹不吃，你就白活了。知道我不会吃，他先三下五除二收拾好举到我的嘴边。说也怪，那蟹的气味竟毫无腥浊，是海是河还是泥土的味道已无法分辨，只觉一股清异之气从鼻息间直往脑仁钻，整个人好像都被提升起来，忘乎所以。早听说烹饪讲究提鲜一说，不知何意，经此一餐才知纯正的鲜真是可以让人飘飘欲仙的。从此也就再不敢放言绝对不吃海鲜了，却也知道了同为海鲜，其高下实有天壤之别。

北塘的海鲜何以鲜味独具？当地人说这要感谢老天爷的造化。北塘地处永定、潮白、蓟运三条河交汇入海口，地势开阔，泥沙俱下，河海相接，虫豸杂生。毫不夸张地说，得益于东流入海的水系，整个华北平原的水土精华都汇聚到这里，再加上温润的气候，不滋养出独特的鲜味才怪。北塘的鲜，却又不仅是海鲜。鲜者先也。明清时的北塘，上通京师，下济渤海，是南北漕运转港的大码头，舟来车往，五方杂处，文化互通，得风气之先。1879年中国架设的第一条电报线路，就是由北塘经大沽直达天津直隶总督衙门。当年的北塘古镇，一条凤凰街串起九井八庙，店铺云集，聚渔盐两利，逞一方富庶；东大营双垒炮台和大沽炮台成掎角之势，拱卫首都，震慑海防，好不威风。可惜，沧海桑田，历史无情，北塘在近代史上又当国难之先：1860年第二次鸦片战争，英法侵略者经此登陆，庚子事变迭遭八国联军劫掠，古镇毁于战火，曾经的富贵繁华地落得一片破败；1976年唐山大地震这里又是重灾区，仅存的一点老建筑荡然无存。老北塘人说起当年事，少不了一声叹息。

在天津北塘（2012年）

第二次来北塘，已是二十年后。北塘在滨海新区的发展蓝图中迎来新的机遇。短短两年，古镇重建，炮台复修，十三平方公里的土地上，规划了功能清晰的多层次区块，仿古的城墙与时尚的街区并立，绿色生态走廊和高档总部基地比肩。新的建筑，新的街道，新的工地，到处洋溢着创业的激情。在这里，听得最多的是"窄路密网"、"低层高密度"、"快商务、慢生活"这样一些新鲜话题。感觉中，古老的北塘重新找到了自己的位置，在原有的区位优势上，又被创业者的时尚理念提了鲜。我们在开业不久的星巴克咖啡馆里听介绍，主人幽默地说，这里也创造了一个第一，就是星巴克第一次在尚不成熟的地区开设门店。哈！真要佩服这家享誉全球的咖啡连锁店的鼻子，它一定闻到了新北塘焕发出的鲜味，嗅出了商机。有人将北塘的重生比作凤凰涅槃，我倒想，这里正在发生的一切，更像是栽树，栽一棵大大的梧桐树，有了梧桐树，何愁引不来鸾凤齐鸣。

走在通往三河岛的栈道上，管委会的小王指着两旁的芦苇问道，你们知道这些芦苇是怎么来的吗？我心想，这姑娘是不是来个脑筋急转弯逗逗我们？这里的芦苇有什么特别，难道不是自己长出来的？小王其实并不需要我们回答，她用手画了一个大圈儿，不无自豪地说，刚来时这儿只是一片光秃秃的荒滩，这些芦苇是我们一棵一棵种出来的。我不由得重新打量起这个满身大学生气息的高个子姑娘，怪不得一路上她的讲述熟稔亲切，如数家珍，亲手浇灌的果实，自有一番不同的滋味。登上三河岛，攀到最高处，眺望河对岸的北塘，长桥卧卧，古镇若浮，水天一色。阳光正是最好的时候，此时此地，似乎大自然的万千宠爱集于一身，人也不由得胸怀舒放，心旷神怡。深吸一口海风吹过来的气息，好鲜啊！第一次在北塘吃海螃蟹的感觉又泛起心头。据说，六百年前，一对姓郝的兄弟从山西辗转来到这里，搭起窝棚，开荒垦殖，成为这一片土地上最早的开拓者。后来人沿袭称呼这里"郝家窝棚"，这也是北塘最早的地名。筚路蓝缕的先辈，经受过怎样的艰辛，其间发生了多少惊心动魄的故事，今天已无从稽考。能够想到的是，当他们第一眼看到这片土地，第一次闻到海的气息；当他们收获第一茬庄稼，捕捞起第一网海鲜，他们一定也会大声呼喊着："好鲜啊！"

是啊，鲜，始终伴随着创业的人。

九如山无亭小记

　　近日去济南开会，听当地朋友经常提到南部山区，我听着新鲜。以前挂在嘴边的总是大明湖、趵突泉、千佛山，远一些，无非泰山曲阜，怎么突然冒出个南部山区？济南南部即泰山北麓，泰山余脉绵延百里，山区自当无疑，却没有人在意，济南人也没谁闲来想去山里走走。这些年风气变了，乡里人进城务工，城里人下乡度假，山里的空气和水，山上的绿色和山货，都成了宝贝。明眼人看准机会，投资景区酒店一应设施，加上路好了，车多了，南部山区竟成了济南名副其实的后花园。

　　九如山就在南部山区。进山原也平常，无险峰，无怪石，一潭碧水，汪在山脚。原木铺就的栈道，七拐八弯，绕着水潭伸向绿荫掩映的山垭。路不陡，开始登山如履平地，倒是林间泉瀑茂盛，忽从岩壁垂下，忽从草丛冒出，荫绿中，水光、水声挟着水汽拦路扑面而来，惹得人走走停停，不忍快行。据说南部山区的地下水系和济南相通，平地上喷涌出来就似趵突泉一般，到了山里水随山势，一簇簇，一蓬蓬，绽放得春花一般姿态万千。我们一行百余人，约定好集合的时间，进了山也就像流水一样散开了，三五人，七八人，边走边说边看。走快了，和前边的接上了茬；掉队了，又和后边的凑上了趣，话题海阔天空，无可无不可，就像这山里的风，吹到哪儿算哪儿。不知不觉已上半山，见同行的小蒋站在一处观景台上拍照，从镜头看过去，远处山巅叠落在人的肩头，恰似着上斑绿的披肩。我和小蒋相视一笑，几乎同时喊出："嘿，与山比肩！"放眼远望，丛山逶迤，林海泛波，脚下沟壑幽邃，鼓荡着苍莽之气，远近高低各有不同。山的好处原在于深藏，看似平常的九如山，肚腹里竟有如此丘壑，更不知前面又会藏着怎样的惊喜。由此向上，山愈深，层次愈重，瀑布多嵌在山石缝隙间，白亮的水帘和葱绿的草木交缠遮掩，半含半露，虽少了些壮观，却可以亲近，胜似飞流直下的唐突。一个年轻的母亲拉着四五岁的儿子也在登山，小家伙雄赳赳地，手里举一个穿在树枝上的纸杯，问他做什么用，说是捞鱼；再问可有收获，回答还没有。我们和孩子的母亲都笑了。小家伙毫不沮丧，依然高举他的"渔网"，用力晃着向前跑去。真是个有创意的孩子。说笑着攀上一个高坡，坡上搭有草顶大凉棚，早有先到达的招手呼我们进去喝茶。茶是免费供应的，山泉水泡上茶叶、山楂片，还有一些不知什么树的嫩叶，抿上一口，清甜透脾。有茶宜谈禅，座中烟台姜君和济南小董习禅有年，机锋间颇多意趣。又有人扯起了荣成的天尽头，牵出官场许多故事。胶东的朋友笑说，"天尽头"要改成"天无尽头"了。我没有去过天尽头，可知一个"无"字里伏着的奥妙，不由得想起"天下本无事，庸人自扰之"的话来。

歇息过继续爬山，脚下觉出些沉重，路边倒添了花色。先是有耍猴人牵着三只小猴翻跟头，猴儿懒洋洋的，不大听话；走上去又见有鹿苑，几头梅花鹿围在铁网中困倦得直打瞌睡。还是借着山的精气我们奋力前行。转过鹿苑，山路陡地立了起来，不知不觉木质栈道已换成石阶，阶陡且窄狭，只容两人侧身而过，右侧峭石壁立，左侧临渊，坡上立有一石，上书"无亭"两个大字。咦，这样的地势竟建有亭子，真是要花些功夫，又好奇取了这名儿，一路上多少亭子，都来不及赏看，这个无亭倒是要仔细观上一观。待左右逡巡一番，除了山石树木，哪里有什么亭子的踪影。正疑惑，后边的姜君拍手笑起来，指点着那两个字说："无亭嘛，就是没有亭子啊。"恍然间似觉受了哄骗，转念一想，这个"造出"无亭的人必是有些智慧的。有道是，世间万物，人生流转，莫不在有无之间，有即是无，无即是有，《红楼梦》中的"好了歌"唱的正是此意。此处无亭以无作有，开出一片想象空间，令人驻足浮想，难以忘怀，不得不佩服。

从无亭向上再无平地，山顶已经遥遥在望，走路越发吃力，像泰山的十八盘。约定集合的时间已近，据说登顶还要个把小时，犹豫着问起下山可有捷径，回答是，必先到山顶才得下山。如此便无他途，只有一力攀登。眼盯着脚下，心望着山顶，一阶一阶踏实，累且坦然，心里明白，每迈出一步，离山顶就近一步。最后一段路，汗水已经湿透背心，还是鼓起劲呐喊着跑了上去。紧跟在后面的姜君，索性脱光了露出脊梁。从山脚算起，历经三个半小时攀爬，海拔九百米的九如山终于伏在脚下。环顾左右，仅余五人。山顶风光自然不同，群山拱列，天际苍茫，俯仰天地，只有白云飘在头顶。深吸一口清气，拍上两张照片，恰好中午十二点，已到约定集合的时间。我们五人顾不得歇息，连奔带跳，夺路而下，半个小时后与山脚队伍会合。

静下心来，又忆起无亭，两个大字总是挂在眼前。反复玩味无亭之妙，似不尽在有无之间。无亭者，无停也，登山到了紧要处，最是停不得脚步。无亭默立路边，该是对行百里者半九十的警策。

也许，多少年以后，关于九如山，关于无亭，会生出些故事，让后人猜想。这一脉好山水养着一个无亭，真好！

济南的泉

　　都知道济南有三大名胜，千佛山、大明湖、趵突泉，和山比起来，和湖比起来，泉最不起眼，但终究济南还是叫了"泉城"。刘鹗写《老残游记》时，尚未见到"泉城"的称呼，留下"家家泉水，户户垂杨"的名句，"泉城"已是呼之欲出了。日本人德富苏峰（就是那个写《自然与人生》出名的德富芦花的哥哥）1917年来到济南，游记中记述："济南是一座水都，号称七十二泉，到处都有泉水喷涌而出。其中最有名的是趵突泉。"德富苏峰在济南停留三天，对济南的山、湖、泉水都有美赞，他给予济南"水都"的称呼却有些不够确切。威尼斯被称为"水都"，苏州也被称为"水都"，都好。而"到处都有泉水喷涌而出"，注意，是泉水哦！这样的城市，世界上恐怕没有第二个，只有咱济南。济南的泉比济南的城古老多了，史载，两千七百年前，齐鲁会盟于泺水，就是今天的趵突泉。大人物会见谈大事，常要郑重地勒石为记，殊不知石边的泉水已默默地在那里流淌了亿万年。

那时，历史在意的是诸侯霸业，不起眼的泉水只有和霸业连在一起，才得以载入史册。到了今天，你再看，当年那些大人物的千秋霸业都哪儿去了？泉水依旧冒得欢。

据说，济南城区的泉，单是有名的就有二百多处，没名的呢，不计其数。也怪，泉水到了济南格外恣肆，大泉小泉自由自在流淌，你呀我呀碰到一起汇成了河渠。汇成河渠的泉水更得意了，成群结队，走街串巷，闪过树丛，溜进人家，挟着满城的活力聚到城北，就成了大明湖。济南城啊，坐落在澄明清冷的泉群中间，分明是个幸运的婴儿，在泉水的簇拥呵护下慢慢长大。泉水生来和人最亲，冬暖夏凉，可着人心，家常过日子添上一口泉水做伴，有多幸运。泉水又不势利，你对她好，她就对你好，越是身处下层，她越视为知己。泉水的好，济南人最感念，"泉城"的美称就该在百姓中间口口相传叫起来。泉城，泉城，泉和城在一起，不就是泉和人在一起嘛。

有位朋友准备出国访学，去年冬天来济南办赴英签证，递交资料时，才被告知证件没带全，郁闷中拐到护城河一带散心，蓦然发现，"轰轰下泄，澎湃万状"的黑虎泉就在眼前。周围的九女、玛瑙、琵琶、白石、对波诸泉，虽没有黑虎泉的气势，单是那些娇俏玲珑的泉名就妙不可言。只见一串串小水泡从池底泛出，在水面上形成一圈圈涟漪，不由得使人浮想联翩，刚才满心的沮丧一扫而光。更妙的是，每个泉眼周围，都有成群结队的市民在取水，手里拿着各式各样的容器，茶壶、水桶、塑料壶、矿泉水瓶……五花八门，都是家常过日子用的家伙什儿。嘿，人和泉像家人一样亲密，真正的泉城一景。她后悔自己没有带相机，转而一想，如被拒签，也非坏事，可以借机再跑一趟济南，尽情拍摄护城河边这温馨壮观的画面。

夜探趵突泉（2013年）

　　如今已是初夏，护城河边，黑虎泉畔，朋友的旧游之地，泉水和打水的人群依旧那么旺。人多却不躁，排着队，聊着天，不紧不慢，边说边笑着就把水打好了。泉边专门为中老年人设了取水点，备有取水的吊桶。过细致日子的人不怕麻烦，把吊桶顺着池边系下，特意到黑虎的口边取水，图个鲜灵吧。一位老大娘，用小行李车拖着刚打上来的四大瓶水，前边还有一只小狗也在使劲。问起来，就住在附近，每天风雨无阻来两趟，打的泉水够一家人吃了。说着，乐呵呵地走了。顺着大娘的背影隔河望去，水岸参差，柳荫成烟，对面解放阁下，又添了一道风景，九女、白石两泉相邻，雪白的天然石拢在护城河内，将泉眼隔成一道水湾，大白石上或蹲或坐或立，满是乘凉的人。这么多的人聚在一起，若是在商场早就闹得个沸反盈天，这里却是一派安宁。一对小夫妻带着孩子赤脚戏水，一家三口望着水中的影子笑，直笑到了心里去；三三两两的女学生歪着头摆弄手机，心思不知漫游到了哪里，长发垂下来拂着水面。传说中，这九女泉每天破晓前有仙女飘来沐浴梳妆，泉边的女孩子就多。人多泉愈静，泉静人自静，泉水的气息陶冶着性子，人在泉边怡然成一株柳，潇散，自适，看着舒服。乘凉的人闲望对岸打水的人，好过看风景，没承想自己也成了风景。两岸合成一幅人泉偕乐图。

　　若是想看街巷里的泉水，就跟着半大小子跑吧。男孩子坐不住，泉水跑，他也跑。泉水和孩子比着赛跑，看谁先到大明湖。一路跑，一路加入新的泉友。跑到芙蓉街，就有芙蓉泉；跑到王府池子，就有濯缨泉。这里地势开阔，泉水戏得欢，天然聚成一处游泳池，曲巷藏幽，杨柳叠翠，好一个休闲去处。下去扑腾一阵，孩子累了，泉水还要接着跑。过了起凤桥，悠然荡出一条水巷，水巷边的起凤桥街，窄窄的，却养着一处起凤泉。泉在街边人家院子里，起凤桥街9号，主人姓李。李先生抱着孙子讲述起凤泉的沧桑，像历数家人的悲欢离合。这起凤泉至少是前清时先祖留下的，李先生从小就和泉水戏耍在一起。泉水人家珍惜这上天的恩赐，泉池四周围有精致的护栏，护栏上雕刻着八仙手中的八件法器，称为"隐八仙"。就因这"隐八仙"，"破四旧"时石栏被砸烂，泉眼遭填埋，家也被抄得七零八落，泉和人一起落难。总是念着有重见泉水的一天，李先生和家人偷偷把护栏的底座挖出藏了起来。这不，重修好的泉池，石栏的材质上下呈新旧两种颜色，当中一道线清晰地标出历史的断痕。

　　知道我来济南，已在剑桥的朋友发邮件叮嘱："济南的泉水确实值得一看再看呢。"是了，济南的泉水，我最想一看再看的，还是趵突泉。说来惭愧，几次到趵突泉都来去匆匆，白天人多景也杂，眼在心不在的，辜负了这人间难得的奇葩。夜晚的趵突泉该是另一番景象吧。趁月色好，约两位年轻朋友闯了去，正赶上园子要关门，好说歹说蹭了进去。园子里倒像另一个世界，小径上空空落落，两旁高大的槐树、柳树黑魆魆像庙里的护法神，白日里火焰般耀眼的石榴花只留着星星点点。这园子原有很多名堂，沧园、白雪楼、尚志堂……在暗夜中隐隐约约退成了背景。此刻，满园的光彩，满园的生气，都聚拢在三股晶莹的泉水上。只见波光粼粼的泉池中，三朵泉头齐齐涌起尺把高，在空中翻卷成巨大的水轮，落下，涌起，落下，涌起，一刻不停，活像一群小精灵嬉闹着从水下钻出。我们站在来鹤桥上看呆了，久久没有言语。茶室的人过来问，廊下的茶围已满，要喝茶，在这桥上安张桌子可好？我们大喜。落座喝茶说着闲话，孩子的功课呀，老人的起居啊，话题有一搭没一搭越说越疏，目光不由得又转向了泉。月光透过树梢照在水面上，漫起一层雾气，两廊的茶客陆续散去了。夜已深，万籁俱寂，泉的勃起声这时才听得真切，哮——噗，哮——噗，轻轻地，缓缓地，从容不迫，也许只有花开、日出、生命降临人间的一刹那，才会迸出这样的天籁吧。静静凝望，久久倾听，听着听着，人会感觉灵魂出窍，心随泉的魂魄游走，仿佛看见泉水在山间诞生，地下成长，黑暗中奔突、寻找，积蓄着力量；石隙间挫磨、淘滤，砥砺着品行。一旦遇到些微光亮，便全力突出地面，奔向光明。人们看到喷涌而出的泉花，赞美泉水的高洁，可曾知道，在人所不见的地方，泉水有过怎样的隐忍、委曲。有道是百炼成钢，对于泉水，应该是百折成泉吧，身处低微不改凌云之志，泉水堪为人师。

先哲有言："上善若水。水善利万物而不争。"善有上下，水岂能无？雨雪泉瀑，水有百态；江河湖海，水有百性。依我看，这济南的泉，夏盈不溢，冬瘦不枯，远可观，近可饮，众宜欢，独宜思，动静有度，冷暖怡人，不正是水的上上之品吗？

上善若水，上水唯泉。济南的泉水，当得这八个字。

辑
三

序跋的念想

　　在我为数不多的文字中，常有念想的，就是这些序跋了。它们每一篇都连着一段难忘的记忆，每每想起来，总会感觉到暖意。

　　最初的序跋写作，是得到了孙犁同志的鼓动。可以说，我的第一篇跋文，就是被孙犁逼出来的。我和孙犁初识于1978年，开始是工作上的联系，来往多了，谈得就随便，去多伦道孙宅聊天，成了日常的一件快事。那些年是孙犁写作的旺季，很多文字发表前，我有幸成为第一读者。因此，当人民文学出版社的季涤尘约我为孙犁编一本散文选时，我毫不犹豫地答应了。我愿意为孙犁做些事情。我通读过孙犁的散文作品后，把自己的编选思路和他谈了。孙犁说：你放手编吧，需要什么材料我再给你找。很快，我编出初选目录，孙犁仔细看过，表示满意。我说，您光说满意不行，出版社还要求作者写一篇序呢。那一年，正是因为一篇序的风波，给孙犁带来无穷的烦恼，老人愤而写下《序的教训》一文，声明不再为别人作序。显然，我提出的要求让孙犁有些为难。他沉吟一会儿，说："我看这个序就由你来写吧。"我连忙表示："人家是要作者的自序，我写算什么呀！"孙犁见我着急，便笑了："其实你写也没什么嘛！那好，容我再想想。"过了几天，我想上门去

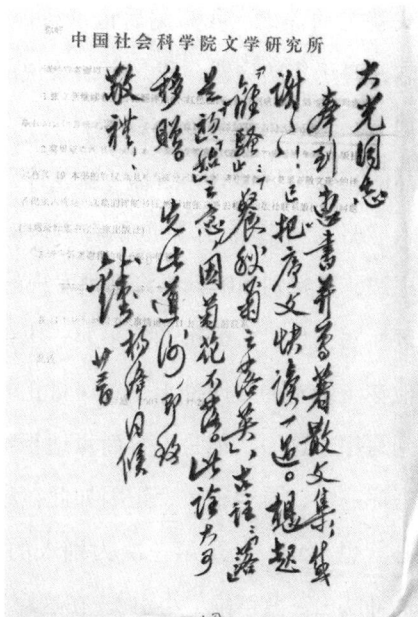

钱锺书先生信札（1985年）

催，进屋没等我开口，孙犁笑吟吟地拿出几张稿纸，说："你看看这样写行不行？"接着又说："序我是写了。你也要写个后记。"我接过来一看，序文开头，孙犁首先肯定了我的编选思路，紧接着有意卖了个关子，说："详见他所写的后记。"这一下把我的退路断了，只好遵命写了一篇"编后记"。

有了第一次的经验，1987 年为孙犁编《耕堂序跋》时，

我就主动提出，我写编后记，请孙犁作序。我说："孙犁同志，对于您的序跋，我是有话要说的。我相信，您自己完整地看一遍，也会有很多感触的。"的确，序跋文字是孙犁作品的重要组成部分，这部《耕堂序跋》被湖南人民出版社列入"骆驼丛书"，孙犁也很看重，提供了不少我没有读过的序跋，并特别嘱咐，要将刚刚发现的、他1942年在晋察冀边区所写《鲁迅·鲁迅的故事》一书的"后记"收入。为此，他在土纸本的复印件上，一一订正看不清晰的字句。但是说到写序，这一次他是不容商量地拒绝了。我知道，孙犁对于写序一事，看得很重，正因如此，序跋之道也让孙犁伤透了心。想当年，孙犁第一次为别人的作品写序，是1978年的《韩映山〈紫苇集〉小引》。在这篇文章中，孙犁反复强调："古人对于为别人写序，是看得很重的，是非常负责的。"并提出好的序跋的标准是"极有情致，极有分寸"。后来在《文集自序》中，孙犁又说："当我为别人的书写序时，我的感情是专一的，话也很快涌到笔端上来。这次为自己的书写序，却感到有些迷惘、惆怅。"及至《序的教训》一文，孙犁因真心对友，反遭其辱，仍坚持自己的信念："正体之序，应提举纲要，论列篇章。鼓吹之于序文，自不可少，然当实事求是，求序者不应把作序者视为乐佣。"这些话，对于我的序跋写作，是时时的警醒与鞭策。

1985 年，我的第一本散文集《落花》出版，我写了一篇自序。书出来后，我寄给钱锺书先生一本。此前，我曾就外国散文丛书的编选，请教过钱先生，寄上小书，也是答谢之意。没想到，时隔不久，竟收到钱先生亲笔手书一封，信中写道："奉到惠书并尊著散文集，十分感谢！已把序文快读一过。想起《离骚》：'餐秋菊之落英。'古注：'落'是'初'、'始'之意，因菊花不落。此诠大可移赠。"因我在《〈落花〉自序》中以落花自况，有"百花盛开，我花独谢"之句。先生体察到我的心境，信手拈来《离骚》古注化解我的颓唐，鼓励我以《落花》为始不惮于前行。先生的厚意令我感念至今。感念之余，我也庆幸自己写了这篇序，才引得先生的锦函赐教。从此，对于序跋之作，不论述己，抑或论人，就格外看重了。

1998 年，北京十月文艺出版社为庆祝新中国成立五十周年，计划出版一套"中国当代文学作品精选"。其中的"散文卷"原约定一位大名鼎鼎的学者编选，双方签有协议。不料临近交稿日期，这位名家交不出选目，对出版社的催问也拒不回复，主其事者急得如火上房，驰函问我可否助一臂之力。此时距全套书集稿时间已经很近。我在业中多年，知此事如梨园行中的"救场"，容不得推辞，便答应试试。选目通过后，出版社的负责同志提出，依丛书惯例，需要请一位德高望重的前辈作家领衔主编，"散文卷"拟请巴金先生领衔。我表示这自然好，就是不知巴老是否答应。该书定稿时，责任编辑告诉我，巴老答应了，而且听中间人说到我参与编选工作，巴老说："我记得他。"一句话令我十分感动。1980年创办《散文》月刊时，我曾去上海武康路寓所拜访过巴老，此后就只有在文字上见面了。没想到因了这一次"救场"之举，倒成就了我和巴老的一段编书缘。在该书的"导言"中，我郑重地表明："巴老倡导的'写真话'原则是编选中贯彻始终的宗旨。"这是我的心里话，也是对巴老致以一个编辑的敬意。

我的序跋文字说不上正体，多是和编辑生涯有关。我从事编辑工作已三十三年，借选编此书之机，回忆起繁杂工作中一些爽心之事，这要感谢稼旬兄和出版社的诸位同仁。

孙犁与《津门小集》

　　说起孙犁与天津的关系，不能不提到孙犁的《津门小集》。《津门小集》，一本薄薄的小书，只有短短的十八篇千字散文。它在孙犁的作品中并非什么代表作，甚至可以说是无

在孙犁先生寓所前（左起孙犁、吴泰昌、沈金梅、郑法清、谢大光，1982年）

足轻重，但它对于天津，对于 1949 年以后的新天津，却有着异乎寻常的意义。在此之前，作为一个半封建半殖民地的都市，旧中国的天津，曾经出现在曹禺的戏剧、刘云若的市井小说中。然而，面对 1949 年以后的天津，经历了战争而获得了新生的天津，用文学之笔抒写它，记录它，特别是描绘这座城市的新主人——工人的生活，孙犁是第一人。早在 1949 年 1 月，可以说就在人民解放军进入天津的同时，孙犁就在《新生的天津》一文中，热情地呼唤着"一种新的光辉，在这个城市照耀，新生的血液和力量开始在这个城市激动，一首新的有历史意义的赞诗在这个城市形成了"。也就是一年之后，1950 年，孙犁首先实践了自己的期盼，以天津工人生活为素材，在写作《风云初记》的间隙，相继写出了《学习》《节约》《小刘庄》《团结》《保育》《宿舍》《挂甲寺渡口》等散文。光是读着这份目录，老天津人都会感到亲切。毋庸讳言，作者对于城市、对于工人还不熟悉，只是记叙自己的所见所闻，难免单薄。单薄虽单薄，这些文字却都真切而质朴，没有当时知识分子写工人时，惯于奉送廉价的空话大话的毛病，仍不失孙犁的文字风格。即使时过境迁，几十年后的今天读来，仍可看出作者对劳动者细密的爱心。比如作者尽量避免写工厂的生产场景，而是通过上下班的工人、工人聚居区的家常气氛、业余时间的学习等，从侧面烘托和营造一种工人当家做主的崭新气象；比如尽力将工人生活和自己熟悉的农村人物、农村场景联系起来；比如用单镜头式的片段点染来发挥自己长于白描的优势。总之，孙犁为了写好解放初期的天津工人，可谓费尽苦心。也许作者对这一组散文仍然不大满意，当年（1950 年）在《天津日报》陆续发表后，迟迟未结集出版，直到 1962 年。1962 年也是一个重要的年份。刚刚走出三年困难时期的中国人民，需要鼓劲，重新开始前进的步伐。也许孙犁这时更加惦念解放初期结识的那些工人和他们的家属。1962 年 9 月，《津门小集》经作者授权，由百花文艺出版社出版。孙犁在该书"后记"中说："我同意出版这本小书，是想把我在那生活急剧变革的几年里，对天津人民新的美的努力所作的颂歌，供献给读者。"

20 世纪 80 年代，我多有机会就教于孙犁。一次闲聊时，提到了《津门小集》。我说，写过《荷花淀》，再写《津门小集》这样的文章，真是难为他了。我原以为孙犁不会愿意谈这个话题，或者轻描淡写一句带过。不料孙犁感慨地说："那时还年轻啊，有一股子热情。"沉默了一会儿，他又说："现在这种热情越来越少了！"随后他颇动感情地回忆起，当年为了赶在上班前到厂门口去采访工人进厂的实景，天不亮就起床时那种兴奋的心情。

我以为，在孙犁的作品中，从始至终充溢着一股对生活、对劳动者的热情。只不过，到晚年，这股热情更多地隐在冷峻的思考、尖锐的文化批判的后面。正是这股热情，使孙犁在晚年得以将心路历程，锤炼成精粹的散文随笔，达到了文学的高峰。孙犁是完成自己的。环顾新时期文坛，能这样完成自己的，只有上海的巴金、天津的孙犁。孙犁的文学成就，正是天津文化的标志性建筑。有了这个标志，我们可以少一些浮躁和夸饰，扎扎实实地做一些与百姓息息相关的事情。我想，这也是孙犁在另一个世界的愿望吧！

想起林呐

　　退休以后，往事过的就多了，常想到的是林呐。林呐是百花文艺出版社的创社社长。没有林呐，就没有百花社，这话一点不过分。据老同事讲，当年林呐离开大有发展的仕途，就是要实现他的梦想——办一家有特色的出版社。他用后半生的心血做成了这件事。我在三十岁前，生活漂泊。人家是三十而立，我只能算三十而定。从1971年调入出版社，才算安定下来，一直到退休，竟整整三十四年没挪窝。林呐，是改变我命运的人。

　　得益于林呐，应该更早。1962年，我大学未毕业就参军到了工程部队，在小兴安岭的深山里施工。年轻人，吃苦并不怕，苦恼的是与世隔绝，无书可读。偶然从报纸上看到百花社的邮购书目，才盼到救星。现在被许多藏书家追捧的"小开本"散文，是我邮购的重点。杜宣的《五月鹃》、孙犁的《津门小集》、碧野的《月亮湖》、韩北屏的《非洲夜会》、韩映山的《一天云锦》……在空寂的大山中，成为我的良师益友。至今在我的藏书中，有四本小开本散文，扉页上题记着同一个日期：1964 年 12 月 12 日。外面包着用当年的《解放军画报》做的书衣，显然是同一批邮购的书。在阶级斗争日趋紧绷的年代，与报纸上越来越浓的火药味相比，单是这些书名带来的微妙滋味，今天的读者是无法想象的。同一时期，作家出版社也出了一套名家散文，36 开，比"百花"的稍大。我也邮购过不少。二者放在一起，且不论内容，仅装帧设计一比，立分高下。"百花"的小开本，从封面、扉页到版心的设计，题图尾花的绘制，精心、精致、清秀可人。有的书，封面设计和题图插画，分别由两位画家担任美编。主其事者的良苦用心，在细节上充分表现出来，也点点滴滴烙进读者心里。如果不是后来到出版社工作，我恐怕至今都不会知道，这一切正是在林呐的主持下实现的。吃水不知掘井人，实在惭愧得很。

可惜，我到出版社的时候，由于江青的诬陷，"百花"的牌子被摘，林呐和中层以上干部全部靠边，受到迫害。1973年以后，随着邓小平复出，政治气氛开始转缓，林呐这样的老干部才被允许工作，我和林呐的接触开始多了起来。林呐个子不高，身材瘦弱，说话总是慢条斯理，却从不低声下气。印象中林呐从未对谁发过脾气，后来经过一些书稿的处理，我才感受到，这位一向恬淡的长者，内心有着怎样的定力。

我在部队时，结识不少部队作者。王宗仁、窦孝鹏，是总后勤部的战友。他们在青藏高原当过多年汽车兵，从格尔木到拉萨，一路上的兵站道班，雪山草原，他们熟悉得像自己的手掌，写过不少散文。我受"百花"散文的滋养，种下个散文情结。当了编辑，就想编宗仁他们的散文集。心想，名作家的不能出，部队作者总可以吧。私下里和林呐一说，老林答应，看看稿子再说。稿子约来编好，几位管事的都看过，认为可以。老林又说了一句："一本有点单薄吧。"恰好当时兰州军区宣传部的尉立青，喜欢散文，组织青年作者学习班，写了一批，编成两本集子，作者中有后来著名的雷抒雁、杨闻宇、李本深等。估计他们是慕"百花"之名，并不知"百花"遭的劫难，执意要在天津出。"三本也算一小套呵。"林呐还是只说一句话。当时是1974年，"百花"的牌子被摘掉已六年，无论是编辑，还是读者，都在怀念"百花"，怀念林呐主持开创的"百花"风格。三部散文稿终于定稿了，林呐明确要求，要按"小开本"出。出版科为了难："小开本"的用纸按690毫米×960毫米的规格，是造纸厂特意为百花社做的，多年不用，早已没有库存，又不可能为三本书单独造一批纸。林呐沉得住气：有问题你们想办法，反正开本不能改。这样相持了大半年，我有些心急，怕再拖就把书拖黄了。悄悄给林呐说，实在不行，按诗集的长 32 开出算了。平日挺好说话的林呐，一声不吭，就是不签这个字。不知出版科的什么人，终于憋出一个办法，用普通开型的纸，裁上两刀，裁成"小开本"的规格，再上机。用这个法子有个缺陷，浪费纸。"就这样吧！"林呐一语定夺。书终于在 1975 年 5 月印出来，每种印了二十万册。《春满青藏线》《驼铃千里》《深山明珠》，三本书拿在手里，除了出版社的名字是天津人民出版社，还真是"百花"小开本的模样。不久，就听到来自各地老读者的相同反馈。被出版界称为"范老板"的三联书店老总范用，特地派当时在《新华文摘》工作的胡文彬，来天津要书，说是看到这三本书，就像老"百花"又回来了。直到这时我才明白，林呐坚持的是什么，为什么宁肯书不出也要坚持。在特定的情势下，形式可能比内容还重要，形式本身就有内容。这道理很多人心里都明白。转过年来，反击右倾翻案风时，院子里就贴出了大字报，说林呐为"百花"翻案，不惜浪费印制毛主席著作的宝贵用纸。林呐依然一副淡定寡语的样子，我甚至能看到他嘴角有淡淡的笑。

同一年 10 月，粉碎"四人帮"，举国同庆。我们在同事孟淑香家里聚餐狂欢，一向酒量很好却很少喝酒的林呐，那晚大醉。他家离孟家不过二百米，被人扶回去，还差点儿没找到门。1979年，百花文艺出版社正式复社，林呐继续担任社长。虽然多了一个出版局副局长的头衔，但是他没有一天离开过出版社。说话的场合自然多了，依然轻声慢语，针对不同的意见发表看法，总是委婉地说"是不是可以这样"，发现一篇好稿子，常像孩子一样兴奋。印象中，我们从来没有以职务称呼过林呐，当面就称"老林""林呐同志"，背后只一句"老林头"。

据说，孙犁在去世前，重病卧床，不再说话，只是在白纸上反复写着几个人的名字，其中就有林呐。此时林呐病逝已十多年。终生挂念自己事业的人，会长久留在人们的挂念中。

铁凝和她的父亲

父亲啊，让我莫辜负你，你在你的孩子们身上，显示出你的光荣。

——泰戈尔

一

铁凝把她家所在的二层楼戏称作"古堡幽灵"。"幽灵"我没有领教，"古堡"倒有些名副其实。这座 20 世纪 50 年代初建造的筒子楼，外表看，灰蒙蒙的，并没有什么特色。只要从侧门一走进去，就能尝到"古堡"的味道了：长长的楼道，一片漆黑，只要两旁的人家不开门，即使是大白天，也别想有一点儿光亮。黑暗中，稍不小心，就会撞到不知什么物件上，或是被挂住了衣服。虽然看不清，但我猜得到，楼道两侧的空间，一定被各家各户的炉子、煤、杂物挤满了。怪不得铁凝把她的第一部小说集题名《夜路》。她这不是天天在走"夜路"嘛！

铁凝和林希在孙犁百年诞辰纪念大会（2013年）

"小心点，别碰着。记住路，下次来就不会撞头了。"铁凝的身影一面在前面灵活地迂回前进，一面向我嘱咐着。

黑暗中穿过楼道，摸着上楼，一级，一级，用脚试探出一块平地，向左拐，推门——啊，眼前豁然开朗，一片炫目的光亮。想不到，这"古堡"里竟有这样明亮的房间，好像楼道里应有的光线都集中到了这里。

光线倾泻在洁净的书桌、书柜、沙发上，也倾泻在摆在案上、挂在墙上的各式各样的小鹿、小熊、小猴工艺品上，像一些无形的手指弹奏出和谐的音乐，使房间里的气息，温馨中透着些调皮。

书柜是不够用的，几块木板架起的半壁书，显示着主人的爱好，也标志着这是一个刚刚开始建设的家庭。

墙上一幅巨大的油画格外醒目，画面上两个少女搭着肩，微笑着，其中一个穿着红红的衬衫。

"这是为《没有纽扣的红衬衫》画的插图吧？"我问。

"不，这是去年夏天妹妹上大学前，爸爸为我们画的像。"铁凝微笑着回答。

铁凝的父亲是位画家，他和我们出版社美术组的同行们常有来往。从他们那里，我早就听到过这样的评价："铁凝有个好爸爸。"说这话的人，都带着一种羡慕的口气，不知是羡慕铁凝，还是羡慕她的父亲。

四年前，铁凝的第一本小说集出版了。书的封面很素淡：远远的两排白杨树夹着一条乡间土路，那么漫长的一条路，好像在提醒年轻的作者来日悠远。有人指着封面设计者的署名告诉我，这就是铁凝的父亲。我记下了这个名字——铁扬。

后来，一个偶然的机会，我和铁扬通过一次两分钟的电话。那次铁凝到天津出差，可能比预定回保定的时间晚了一天。铁扬在电话里询问女儿的去向，嘱她早些回去。电话里传来的男中音，喉音很重，抑扬分明，急切中仍不失温厚，使我眼前现出一位慈祥长者的形象——这是我对铁扬唯有的一点印象。

也许是因为已经在电话里打过交道，初次见面，我们就免了许多客套。铁扬看上去比我想象的要年轻，稳重的举止又使他有几分老成。他似乎不善言谈，总是沉静地等待对方先开口。这反而使我不知该说什么好。我想表达我对这个家庭最初的美好印象，又怕有奉承之嫌。仓促中，我竟提了这样一个笨拙的问题：

"铁凝的《哦，香雪》在全国获奖，全家一定很兴奋吧？"

"啊，不。是这样的，"铁扬想了一下，有礼貌地反驳着，"铁凝从北京领奖回来，我和她谈过。获奖当然是创作水平的一个标志，然而获奖的时间性很强，每年都有一批，并不是什么了不得的事。"他顿了顿，浅浅地一笑，接着说，"要说我们全家最高兴的时候，应该说是铁凝的每一篇作品在家里问世的时候。"

二

对于铁凝全家，这是约定俗成的习惯了，从铁凝写出第一篇小说，就是这样。

1974 年的冬天，这一天，铁扬刚从北京出差回来，全家人聚在一起吃晚饭，听铁扬讲着北京的新闻。谁也没有注意到，铁凝和平常有些不大一样，脸色很兴奋，却又很少说话，像是有什么心事。

晚饭后，铁凝突然宣布："大家安静，现在我要给你们念念我写的小说。"那神气活像刚上任的总统将要发表施政演说。

在这个家庭里，长期形成一种民主空气，孩子和长辈是平等的。铁扬认为，让孩子在大人面前放得开，对孩子的成长很重要。因此，父母有什么事，总是和女儿们商量，女儿们的心里话，也总是坦率地公之于众。

铁凝在家里，这样庄重地宣读自己的小说，还是第一次。在这之前，铁凝的文章也曾在地区的刊物上铅印出来，那终究还没有脱开中学生作文的稚气。这一次，女儿写的是小说，是文学创作，这可是全家的一件大事。

铁凝一口气念了两篇小说，《会飞的镰刀》和《冬虎的故事》。刚念完，不等听众发表意见，铁凝自己先沉不住气了。她急切地歪着脑袋问：

"你们猜，我写的是谁？"

妹妹一听就跳起来了：

"你写的是我！"

妈妈却在一边哭了起来。唉，妈妈就是这样，不管是高兴还是难过，总爱偷偷地流眼泪。

爸爸呢？爸爸盯着女儿那兴奋而稚气的脸，一再问：

"这是你自己写的？"

"嗯！"十六岁的中学生使劲点了点头，有些委屈。

孩子啊，莫怪爸爸这样问。你可知道，爸爸久已盼望着这样的时刻，如今它突然变成现实，可真使人一下子不敢相信。

铁扬从小在革命队伍里长大。上学，画画，工作，经历单纯，兴趣广泛。年轻时，在北京上大学，宁肯少吃一份菜，也不会放过一场音乐会。他迷上了俄罗斯画家列维坦的风景画，又十分醉心于中国的古典文学。那时候，这位美术学院的学生就曾经幻想着，将来有了孩子，就让他们搞文学和音乐。

他有了两个女儿。

他的幻想在心里跃跃欲试，有了实现的希望。

小女儿铁婷从小被培养学小提琴。五年学下来，演奏达到了相当水平，小学毕业时，准备去考音乐学院附中。这时，铁扬提出了不同意见。父亲通过日常观察发现，铁婷对于提琴并不着迷，每次练习都是按规定拉完就放下，仅此而已。电视里播出音乐会，全家人听得津津有味，她却躲在一边看书。这样，怎么能够把音乐作为终身事业呢！铁婷对于语言却有特别强的模仿力，从小爱学人家说话，走在大街上，常因那些毫无顾忌的模仿引得行路人侧目而视。铁扬发现这些，当机立断，赶快转移目标，为小女儿请来了外语教师。果然，铁婷在这方面显示出喜人的潜力和浓厚的兴趣。经过几年的培养，终于考上了北京语言学院。这是后话。

对于大女儿呢？

妈妈早就注意到，铁凝的嗓子很清亮，想培养她搞声乐。可是，铁凝爱毫无顾忌地大声说笑。每星期从学校回家，嗓子都是哑的，惹得妈妈又生气又心疼："这孩子，就是不知道爱护嗓子。"

爸爸却想让女儿学画画。铁凝画的小猫真逗人喜爱呢！爸爸的同事们常来家里谈画，从齐白石的虾扯到黄胄的毛驴。每逢这样的时候，小铁凝总是瞪着一双黑亮的大眼睛，听得入神。"真正的画家不是画技巧，而是在画修养呢。"这样的话，铁凝听不大懂，却觉得特别有神，听着听着，眼睛更亮了。

然而，铁扬很快就发现，女儿那自发的、劝阻不了也压抑不住的兴趣，还是在文学。

在父亲的记忆中，女儿从小就喜欢用自己的语言描述周围的事物。上小学了，会写字了，她开始悄悄把这些描述记到巴掌大的小本子上。有一次和妈妈去买冬瓜，冬瓜好大，小铁凝拿不动，回到家，她在日记里写下："今天我们买了一个胖冬瓜。"

这样的孩子在学校里总是挺得宠的。得宠的孩子又总会有些傲慢。铁凝好强，什么都想占尖，班里排演小喜鹊的舞蹈，她非要争当那只打头的喜鹊。在生活中，她真像一只无忧无虑的喜鹊，跳呀，唱呀，仿佛插上翅膀就能飞上蓝湛湛的天空……

可惜，这样的生活一闪就过去了。铁凝上小学二年级时，"文化大革命"开始了。胖冬瓜和小喜鹊，齐白石的虾和黄胄的毛驴，一下子统统被夺去了，代之以大批判、大动乱，铺天盖地的枪炮声。——那几年，保定以武斗闻名于世，铁凝家的对面就是据点，至今墙上弹痕犹在。

武斗的枪炮声刚刚平息，在"斗、批、改"的鞭炮声中，铁凝的爸爸和妈妈分头去了干校。两岁的妹妹离不开大人，随妈妈走了。铁凝被送到北京的亲戚家。

家，温暖和谐的家只剩下一间空落的房子，被一把大锁封住了。往昔的生活，包括那些天真美好的回忆，都被锁进了这间屋子。过早逝去的少年时代，给铁凝留下的，只有一双自己的眼睛，一双十岁孩子的眼睛，一双还不懂得虚伪却要面对虚伪的眼睛。

人生啊，当你转过身来，将丑恶的一面对着孩子的眼睛时，那稚嫩纯真的心灵，该受到怎样的践踏。

三

"对于文学，我和铁凝是一起学的。"铁扬这样告诉我。

他遗憾自己对于文学懂得太少，在这方面能够给予女儿的也太少。

可是，作为一个父亲，一个正直的艺术家，他给予女儿的何止是文学呢！

你注意到铁凝那一双明亮而真诚的眼睛了吧，那里面就有父亲给予的影响。

铁扬是个风景、静物画家。铁凝从小就生活在父亲的画所创造的意境之中。

那北方深秋棕红色的大山，明丽爽朗的蓝天，缠绵、散漫的河滩、流水，缠绕在山腰间的毛茸茸的小路，和那随风战栗的羽毛扇似的小白杨；那早春充满生机的果园，鼓鼓的花苞缀满枝头，正默默地等待时机，只等大自然一声令下，好像就会同时爆炸出颜色和芬芳；那盛夏时节的原野，五彩缤纷的花束，怒放的玫瑰，羞涩的矢车菊，铃铛般的草芙蓉和信手从路边采来的不被人注意的那些金色的星星点点……

从父亲那双大手下出现的这些画面，好像是一处处可以走进去的新鲜世界，展现在铁凝面前，吸引着铁凝好奇的目光。它们不仅使铁凝的眼界远远超出了这灰蒙蒙的古城的范围，而且使她幼小的心灵学会感受生活的节奏和韵律。

铁凝喜爱爸爸的画。这是她生活中不可缺少的一部分。可是，在社会上，爸爸的画似乎并不那么讨人喜欢，至少是不讨某些人的喜欢。尽管同行中也不乏知音，常来家中观赏、品评，爸爸的画却很少发表，很少参加画展，更谈不到出版画册和举办个人画展，也就没有机会和更多的人见面。据说，这样的画缺乏时代精神，无法为工农兵服务。好像一个风景画家，注定要在寂寞中为艺术献身。平常的日子里不被人们所注意，风云突变的时候，却首当其冲，栉风沐雨。

铁凝有些为爸爸抱屈了，有时甚至想劝爸爸画一点热闹些的画。但爸爸仍然那样默默地不断地画，画他的静物，画他的风景，那么平静，那么虔诚，好像背负着一个永远无法解脱的义务。

渐渐，铁凝看懂了，爸爸画画也是在说话，说自己要说的话。她看啊，想啊，终于从爸爸的画中悟出了两个字——真诚。

"要用自己的眼睛去发现。对待艺术，对待生活，都要真诚。"铁扬常常这样对女儿说。

爸爸的话和爸爸的画相互印证着，深深留在了铁凝心里。

如今，铁凝就要离开父母，用自己的一双眼睛去观察生活，发现生活了。在一个十岁孩子真诚的眼睛里，人生会映现出怎样的图景呢？

动乱的岁月，沉渣泛起，那些早应该被清扫的污浊，又噩梦般地出现在人们面前。黑白颠倒，人人自危，为了保护自己，人们只有将真实掩藏起来，换一副假面去互相欺骗。有的人为了取得"信任"，瞪着眼指鹿为马；有的人为了飞黄腾达，不惜诬陷亲友……

人生怎么会是这样？人生不应该是这样！

铁凝睁大一双眼睛，不甘心地寻找着，寻找着希望，寻找着安慰。

她找到了书。

这是些怎样的书啊！撕去封面的，缺头少尾的，一本本都是残破不全，劫后余生，像是刚从战场上抢救下来的伤员。

《白洋淀纪事》只有半本，头一页就是《村歌》，看完了真想找到那失去的半本。

《长长的流水》是一口气读下来的，合上书，见封面上用黑体字赫然标着"批判刘真作品集"，人名被倒过来，还打着叉。

…………

就是这些书，给铁凝的生活带来了微笑。

大人们都去"革命"了，丢下个一岁多的小表妹要铁凝带。铁凝一边哄着表妹，一边看书，渐渐沉入到一个无比美妙的境界之中，忘掉了周围的一切。

这是最幸福的时刻。可惜，这样的机会也常常被夺去——书被发现了，就要被迫卖给废品站。那时，废品站的生意可真兴旺，卖书也要排好长好长的队。排队也是看书的好机会呀！铁凝第一次看《静静的顿河》，就是在卖书的行列里。一边看书，一边盯着前边缓缓移动的队伍。收废品的叔叔，你慢些，再慢些，让我把这本书看完吧！终于，前边的人走尽了，面前一只大麻袋，把铁凝最珍爱的朋友收走了。

书，卖掉了，留下的只是难耐的孤寂。

幸好，妹妹铁婷不久也被送到北京。

妹妹原来和妈妈一起在干校，也是个小小的五七战士。妈妈天天要开会学习，只好任妹妹和其他孩子一起去疯跑。

一次，妹妹和一个比她只大一岁的孩子出去买糖吃，跑了很远很远，好多人出去四处找才找了回来。妈妈吓坏了，这才下决心把铁婷和姐姐放在一起。

"我们买了五分钱的糖，我比她多吃了一块。那一天可把我走累了，那么大的一个馒头，回来我都吃了。"

妹妹把她的"历险"当作一件有意思的事，讲给姐姐听，小脸上挂着甜甜的笑。铁凝可笑不出来，她忍住涌到眼眶的泪水，一下子把妹妹搂在了怀里。

妹妹的到来，使铁凝增加了生活的责任感。虽然她自己还是个孩子，还需要别人的保护，在天真的小妹妹面前，她却承担起保护人的职责。她像维护自己的尊严一样，维护着妹妹的尊严，不使她受任何委屈。这些，使铁凝感到骄傲，感到一种长成大人般的愉悦——她在妹妹对于自己的依托中，得到精神上的支撑。

寄人篱下的孩子是最敏感的。铁凝常常把周围的人和事拿来与自己读过的书中人物相对照。有时突然会萌发出一种欲望，如果把自己看到的一切记下来，也会像书里写的一样有意思吗？

铁凝在不知不觉中阅读着一部大书——人生。

茫茫的生活之路，在期待着新的转机。

四

当铁凝和她的妹妹在异地相依为命，爸爸和妈妈被分隔在同一干校的两处，也经受着煎熬。郁悒的心情，繁重的劳动，使铁扬这个壮实的汉子得了心脏病，才被特许回保定养病。这已是 1969 年。

"我爸爸从干校回来想到的第一件事，就是要把孩子接回来，让她们念书。"至今铁凝讲起这一段，还很佩服爸爸的远见。

对于铁凝和她的妹妹来说，这确实是决定她们日后生活道路的一举。

也许是只讲体力劳动的干校，使闲置起来的大脑有了思考的余地。经过了最初的苦闷、茫然，铁扬渐渐冷静下来，目光从烦乱的现实伸向了明天。"明天"虽然还是一个模模糊糊的问号，但有一个信念在铁扬的头脑中却越来越明确了："不管现在怎样，将来的社会还是要靠知识。孩子是属于未来的，孩子不能没有知识！"

铁凝回到保定，恢复了学业，开始上中学。

那时的学校，有其名而无其实。学生上课大批判，下课挖防空洞，学工、学农、学军，唯独不学文化。铁凝好强，不管做什么都是拼命干，却仍然得不到信任。铁凝想不通，感到压抑，只有回到家里，才能得到一些安慰。

在家里，患病的父亲需要休养，母亲还在干校不准回来。十二岁的铁凝负担起全家的重任：洗衣服，做饭，带妹妹，还要陪父亲去医院看病。那年冬天，天气特别冷，父亲的心情也不好，铁凝常讲些有趣的事情安慰父亲。每逢看到有意思的书，铁凝总是自己先笑了起来，然后讲给爸爸听。这样，铁凝感到很充实——家，毕竟是人们寄托感情的地方。当你为她付出代价，负起责任时，更会感到她的温暖。

家里有一个苏式旧唱机，那原是父亲上大学时的业余爱好，"文革"开始时，和一叠唱片一起被包进破衣服，塞在床底下，侥幸保存了下来。当它被重新找出，才显示出它的真正价值。那样多世界名曲，那样新鲜美妙的音乐，在万马齐喑的日子里，这声音是珍贵的，也是危险的。

每当打开唱机之前，父亲总要小心翼翼地锁上门，拉好窗帘，再用毛毯把窗户堵严。在这有些神秘的气氛中，唱机流泻出来的音乐更富有魅力。

铁凝最爱听柴可夫斯基的 G 小调第一交响曲。那柔曼的小提琴声跳荡着林间潺潺的流溪；那浑厚的大提琴声烘托起冬日暖人的阳光……这音乐唤起了铁凝童年时的遐想，那些站在爸爸的画前产生的遐想。铁凝听了一遍又一遍，她多么想让这音乐永远留在生活之中。

一次，听着芭蕾舞《天鹅湖》的音乐时，铁凝不禁仰起脸，问爸爸：

"爸爸，《天鹅湖》还会演吗？"

爸爸沉吟了一下，低缓而坚定地说：

"我们这一代可能看不到了。你和婷婷肯定能看到！"

此刻，萦回在铁扬脑际的，是遗憾？是怅惘？还是希望？

铁扬是1960年大学毕业的，刚刚进入自己所喜爱的事业中，还没有来得及做什么，大动乱就开始了。宝贵的年华流水一般地逝去了。本来应该建功立业的年龄，只留下深深的遗憾埋在心底。他不甘心如此荒废，又没有力量改变现状，只有把希望寄托在孩子们身上。他希望女儿能从事自己真正喜爱的事业，做出一番成就。

偏偏女儿的兴趣是那么广泛，好像故意和爸爸作对一样，今天好这个，明天好那个，总想什么都试试，就是拿不定主意。害得爸爸不知多少次夜里睡不好觉。

有一阵，铁凝迷上了舞蹈，每天跑到下放保定的铁路文工团舞蹈老师那里，练踢腿，练立脚尖。那时，没有门路而出身又不大硬气的家庭，都鼓励孩子学点实际本领，练琴啦，学声乐啦，准备着将来好有个出路。铁凝身材修长，面容清秀，是个学舞蹈的材料。铁扬支持女儿学舞，只是担心她把跳舞当作玩儿，吃不得那份儿苦。

铁扬对女儿的要求是很严格的。铁凝在学校天天挖防空洞，回到家里累得像个土猴，真想躺在床上不动弹。可一看到爸爸虎着个脸，严厉的目光盯着自己，就不敢说什么了，只好穿上芭蕾练功鞋，噙着眼泪完成每天规定的练习。铁凝觉得爸爸专门和自己过不去，一赌气，故意把腿踢得很高，又重重地放下。

可是，当铁凝初二时考上了艺术学校舞蹈科，就要去报到的时候，平时督促女儿练功最积极的爸爸，却提出了反对意见。

铁扬对有些生气的女儿，语重心长地说：

"舞蹈自然是一门神圣的艺术，值得为她献身。可是，孩子，你想过没有，你只有小学二年级的文化水平，中学里光挖防空洞，头脑空空，四肢发达，将来可怎么办？"

铁扬的一番话是经过认真考虑的，对于女儿的未来，他想得比铁凝自己要多。他认定，女儿尽管兴趣广泛，而真正的始终如一的爱好，还是在文学。这一点，也许女儿自己还不十分自觉，铁扬通过反复细致的观察，通过一个父亲对于女儿的微妙感觉，拿准了。如果不能帮助女儿逐渐认识到这一点，如果不创造条件，争取机会，使铁凝在文学方面有所发展，女儿会遗憾终生。

铁扬说服了女儿。他为女儿制订了新的学习计划。学校里，尽管还是千篇一律的大批判加战备劳动，回到家，铁凝就沉浸在中国古典文学的陶冶之中，背唐诗，背宋词，背古文：从张岱的《湖心亭赏雪》中，领略古典散文的美妙意境；在"大漠孤烟直，长河落日圆"的诗句里，体味中华民族内在的韵致。到后来，铁凝甚至能把《三国演义》《红楼梦》中的某些片段，一字不差地背诵下来。

铁扬还给女儿开了好多历史书目。他对女儿说：

"不了解昨天，就不懂得今天。我们在祖国的土地上生活，不知道我们的祖先怎么行！"

当铁扬劝止女儿报考舞蹈班时，他实际上已经为铁凝未来的生活道路做出了一个重大的选择，但他在当时还无法同女儿说清楚这一点。也许，在他自己心底，它也还是一个不敢轻易挑明的朦胧憧憬——它在多大程度上是出于做父亲的热诚而执拗的愿望，多大程度上是出于对女儿才能的深知和信任呢？

铁扬深知，对于一个还没有跨进社会的中学生，文学之路是十分迷人又是十分渺茫的，甚至连前面会遇到多少坎坷都是渺茫的。会背几首诗词，写出几篇受到老师赞扬的作文，这离真正的文学之路还很遥远。然而，他像一个辛勤的耕耘者，一点一点地除草，一点一点地施肥，相信会有破土出苗的那一天。

直到 1974 年那个冬日的夜晚，在饭桌上听铁凝念完她的第一篇小说，铁扬才清楚地意识到，女儿是有希望的。

他对还沉浸在兴奋之中的女儿说：

"孩子，你自己闯去吧！要发表作品，可别指望我那些在文艺界的熟人。爸爸帮不上你的忙，只能给你找个老师。"

他带着铁凝找到了徐光耀。

这位以《小兵张嘎》著名的作家，此时还没有恢复写作的权利。他听站在面前的这个中学生战战兢兢地念完了自己的处女作，眼睛亮了起来，半天才说：

"孩子，这是要吃苦的。"

以后，铁凝写了小说就去找徐老师。徐老师愿意理解青年人，从他那里，铁凝听到不少过来人的经验之谈，最重要的，是如何积累生活的体会。

刚刚出土的小苗渴望成长，她还需要把根伸向丰厚的土壤，把根扎得深些，再深些。

五

汽车缓缓开动起来。欢送的人群，熟悉的街道，渐渐看不清了。一条陌生而宽阔的大路，扬着迷天的黄土，铺开在铁凝面前，一直伸展到遥远的天际。铁凝望着身边为她送行的父亲，几天来决定她生活道路的一幕幕情景，又映现在脑际。

1975年夏天，铁凝高中毕业了。这对于每个家庭，都是全家人为之操心的时刻。

那时的大学是不招应届毕业生的。铁凝的面前摆着三条路：当兵、留城、到农村。

早在毕业前，第二炮兵文工团就看上了铁凝，派人来了解情况，送来一张入伍登记表。只要将这张表一填，铁凝就可以穿上军装，当上文艺兵。

那时，牵动千家万户的上山下乡运动，已经从最初的狂热渐渐冷却下来。"自觉革命"被学校、街道彻夜不眠的轮番"动员"所代替。铁凝算是幸运的，毕业这一年，政策有了新的规定：排行老大的，可以留城。

熟人们都为铁凝一家而庆幸。当时的知识青年，难得有这样的运气。

然而，铁凝却出人意料地提出，她要到农村去插队落户。

是头脑发热、一时冲动吗？是为了给年幼的妹妹让出一个留城的名额吗？是……

父亲没有像母亲那样急着劝阻女儿的荒唐念头。他沉默着，却为女儿的举动想了很多，很多。

铁扬自己是在农村长大的。虽然早年出来参加革命，以后一直生活在城市，对于生他养他的故乡土地，还是饱含着深情的。他常常带着画夹到农村去，到山区去，一转就是个把月。当他用自己的笔，把冀西农村那丰富多彩的四季风光再现在画布上的时候，他感到无比的畅快。说到底，女儿对农村、对大自然那种朦胧的崇拜，深情的向往，不正是做父亲的不知不觉地传递给她的吗？他相信，女儿到农村去，也会有同样的感受，也会情不自禁地用笔来写下她体验到的一切。然而，她毕竟还是个孩子，艰苦的环境她受得住吗？会不会磨掉她的理想？如果女儿以后因一事无成而懊悔今天的选择，他将以一种怎样的自疚心情愧对女儿啊！

几天来全家的思虑，终于到了决定的时刻。铁扬整整一夜没有睡觉。第二天，他找到女儿，第一次像对待大人一样郑重地谈出自己的想法：

"孩子，到农村去吧！即使你将来什么也写不成，了解中国农村，了解正在发生深刻变化的中国农民，对你今后的生活是大有好处的。你要有长期留在农村的准备。"

铁凝沉静地听爸爸说完，简洁明确地表示：

"爸爸，您放心。我已经做好了一切思想准备。"

"高中毕业生铁凝，放弃留城条件，立志到农村当农民"，这件事在保定市引起一番不大不小的轰动。报社、广播站，把铁凝当作反修防修的典型来宣传，还煞有介事地编造了一个"全家学'毛选'，帮助妈妈打通思想障碍"的假报道，妈妈气得要找报社算账。爸爸笑着劝止道：

"你就委屈点吧。这是写八股文的惯例了，总要有个反面人物嘛！"

女儿要下乡了，爸爸终归有些不放心。他一直送到知青点。看到女儿住的屋子，墙基朽了，屋顶直掉土，炕上铺着个光板席，他心情很是沉重。那是个阴天，回来的路上，铁扬一直在想，要是下起雨来，那样的屋子会不会漏呢？

这样的心情，很快就过去了。无论是爸爸，还是女儿，心中都有一个坚定的目标。他们相信，这个目标一定会达到的。

铁凝每个星期都给爸爸写信。信，越写越具体，越写越明朗。她在信里告诉爸爸：村里为她们盖起了新房，建起知青点。四十多个人，真像是大家庭一样。大家还选她当知青组长呢！

爸爸在信里说：刚到农村，一定会有很多地方不习惯。遇到难处，多看看人家农村姑娘是怎样生活的。

渐渐，铁凝结交了很多农村姑娘做朋友，和她们一起劳动，一起做针线活，一起说悄悄话。有一次妹妹铁婷到农村来看姐姐，都有些嫉妒了，姐姐一天到晚总是和村里的姐妹们在一起，顾不上陪妹妹说话。铁婷生气了，一个人跑到庄稼地里躲起来，害得乡亲们到处去找。

铁婷后来看到，姐姐皮肤过敏，睡土炕不习惯，长了一身疙瘩，积肥时，脚上的伤口被粪感染了，烂得露出了骨头，还是有说有笑地劳动。铁婷被姐姐感动了，仿佛自己也一下子长大了。

一年以后，铁扬又去看女儿。路上，他一直在心里猜想着，女儿会变成什么样了？一进村，正碰见女儿挑着水走过来。只见铁凝红光满面，纤细的身材粗壮了，穿着厚厚的棉衣，挑着一副大水筲，步子走得又快又稳。

中午，铁凝请父亲在知青点吃饭。她张罗着和面、擀面条，完全像个主人的样子。这也正是铁扬希望看到的。

铁扬注意到，吃饭时知青们找女儿谈生活、问农事，小集体洋溢着友好信任的气氛。饭后，女儿拿出到农村后自己写下的几大本日记。这些日记是铁凝在夜深人静时，独自坐在油灯下，把小帆布箱子放在腿上当桌子，一页一页写下来的。有一次，铁凝太困了，写着写着一打盹，失手碰翻了小油灯，帆布箱子染上了一片洗不掉的油渍……

这一切，铁扬都看在眼里。下午回城时，铁凝骑车送爸爸到车站。八里地，大顶风，铁扬感到女儿蹬车是那样坚实有力气，想起一年前送女儿来农村时的心情，他不由得暗自宽慰地笑了。

是啊，女儿成长起来了。铁扬感到骄傲：艰苦的环境没有消磨女儿的创作愿望，生活的丰富色彩把它催熟了。正像早春时节缀在枝头的鼓胀胀的花苞，只待春风吹起，便会爆出绚烂的花朵。

六

多灾多难的祖国大地，终于迎来了万物复苏的春天。随着思想解放的春风拂面而来，铁凝和同时代的一批青年作家，如冰河解冻，积雪消融，潜在的创作才华一下子爆发出来了。她在农村积累的十多本日记，像是一座丰富的宝藏，一篇又一篇富有时代气息的小说脱颖而出。

1980年，铁凝的第一本小说集《夜路》出版了。

1981 年，短篇小说《渐渐归去》在河北省获奖。

1982 年，短篇小说《哦，香雪》获全国优秀短篇小说奖。

一位作家说过这样的话：

"人们到了相当年纪，对于自己孩子们总有个莫名其妙的希望。为着他们，肯把自己重新掷到过去的幻觉里去，于是乎从他们的生活里去度自己第二度的青春。"

此刻，铁扬得到的，就是这第二度的青春——就在女儿铁凝以矫健的姿态跃上文坛的同时，铁扬也找回了自己久已逝去的艺术青春。

也是在 1980 年，北京戏剧学院——铁扬的母校——为这位多年默默求索的风景静物画家，举办了第一次个人画展。人们突然发现，这位从未引起过注意的画家，竟在寂寞中画出了这么多好画。你看，那林间银带一样的小溪，那枝干上闪着太阳光斑的白杨树，那刚刚泛出青绿的草原……到处洋溢着春天的气息。

春天回来了！青春回来了！

但是，铁扬还是感到，逝去的岁月终究是追不回来的。生逢盛世，自然应该拼搏一下，以无愧于大好春光。然而，真正有希望的，还是女儿这一辈年轻人。他期待着女儿取得更令人瞩目的成果。

1983年年初，又是一个冬日的夜晚，又是全家人饭后闲谈的时候，铁凝带着神秘的笑意向全家人宣布：

"我写了一个中篇小说，给你们念念。"

爸爸问：

"写的什么题材？"

铁凝调皮地说：

"这一次可不能事先告诉你们。"

妹妹铁婷却在一边偷偷直笑。显然，她是姐姐秘密的参与者。

女儿在写一部较长的作品，这是铁扬早就猜到的。最近一段时间，铁凝吃不下，睡不好，晚饭后稍微休息一下就伏案写作，常常一写就是一个通宵，连到西安开会，也把稿子带去继续写。看得出，女儿是把全部心神都投入这部作品。有时姐妹俩凑在一起叽叽咕咕，一见爸爸进来就转了话题。铁扬尊重女儿，对她写什么从不干涉。他知道，只要女儿写完，准会念给家人听的。

铁扬没有想到，女儿这次写的题材，全家人都十分熟悉。这部后来在读者中引起强烈反响的中篇小说《没有纽扣的红衬衫》，就是铁凝以自家的日常生活为原型提炼出来的。小说中的主要人物，就是以爸爸、妈妈、妹妹和铁凝自己为模特的。

妹妹可是早就知道。铁凝刚开始写了几章，就悄悄念给妹妹听。最初，铁凝想把篇名叫作《神圣的十六岁》，和妹妹商量后才改成现在这样。她就是要把这部小说献给妹妹这一辈的人。因此，当姐姐提出念小说时，铁婷就会意地笑了。这小说反映的生活，离铁婷太近了，她虽然已经看过初稿，这次听姐姐念，仍然很兴奋，不时从姐姐手里抢过稿子来念人物对话。

小说围绕着中学生安然评选三好生的中心线展开了矛盾。平淡无奇的情节就像在娓娓叙谈一个家庭日常生活的琐事。就在这平淡之中，却包含着一种奇异的力量，使人不由自主地随着作品的感情起伏而感动，而欢乐，而思考。听着，听着，铁扬不再注意小说和生活真实的吻合，他渐渐感到一种新鲜的意味。这意味，超出了过去对铁凝作品形成的印象，标志着女儿在文学道路上的新的突破。她在用自己的眼睛观察生活，从而发现了一个新的侧面。铁扬为女儿的进步暗暗高兴。

直到深夜两点多，小说才全部读完。沉默，长时间的沉默。坐在沙发上的妈妈又开始哭了起来。

铁凝有些沉不住气了：

"怎么都不讲话了？是不同意我写这样的题材，还是我写得不好？"

"不，恰恰相反。这样的题材应该写，你有了新的角度，新的表现方法。"铁扬动感情地说。

爸爸一开头，妹妹、妈妈都跟着议论起来。这个四口之家像过节一样，度过了一个欢腾的夜晚。

天亮了，黎明的第一道曙光照进了"古堡"。晨光中，铁扬注视着女儿那沉静的面容，不由得想起八年前，铁凝念自己的第一篇小说时，那稚气未脱的脸庞。

"不要停步啊，孩子！"父亲在心里默默地祝福。"让这刚刚开始的一天，作为你文学道路上的新起点吧！"

晨光中，铁凝也在注视着爸爸那已经刻下皱褶的前额。她想到这些年来爸爸花费的心血，也想到那些一步步扶她走上文学之路的老师。

放心吧，父亲，我不会辜负您。我们这一辈人，注定要付出双倍的努力，做出双倍的贡献。因为，在我们的肩上，背负着两代人的希望。

清亮真好

——黄亚洲其人其文

喜欢读熟人的文章。熟人的文章能读出更多信息。"文如其人"固然不错，先识其人再读其文更有意思。2009年初冬，去闽东北采风，一路和亚洲同行，印象最深的是亚洲做事的专注。那一段，他正赶写辛亥革命的电视剧，坐上汽车，膝上的稿纸就是亚洲的整个世界。我喜欢坐在亚洲身后看他写作，那真叫文不加点，下笔千言。也有歇息的间隙，试着聊几句，他总是苦笑："签了合同的，没得办法。"别看写作时闭目塞听，一下车，亚洲的感觉器官全打开，眼观耳听手记，不放过任何信息，还不时追问着细节。不知怎么挤出的时间，反正每到晚饭前，像变魔术一样，亚洲当天的作品就新鲜出炉了，白天的采风已经酿成优美的散文诗。写太姥、写周宁的篇章最初就是在饭桌上听亚洲朗读的。那几天，听亚洲用抑扬顿挫的杭普话朗读新作，成了我们每天期待的节目。很多人赞赏亚洲的捷才，以为他的作品都是一挥而就，其实亚洲最肯在修改上下功夫，一遍遍地读就是在反复地琢磨、修改。我发现，亚洲善于捕捉陌生事物给他的第一感觉。在太姥山，他抓住满山石头散漫的生存状态，提炼出"集体遗失"的意象；在九龙漈，他抓住瀑布的动态和轰响，提炼出"九龙呐喊"的象征意味。第一感觉往往是新鲜的，富有推动想象和思考、产生连锁反应的力量，以自己全部的生活体验和饱满的情感去丰富、深化最初的感觉，就有可能敷演出好的作品；第一感觉又是很脆弱的，稍纵即逝，极有可能被趋同的审美定式所淹没，也可能被一般化的语言模糊掉。亚洲的写作始终会紧紧抓住感觉的初始力量，珍惜它的独特，呵护它的新鲜，即使反复修改，也总是在不断强化和擦亮它。我想，这可能是亚洲写作效率高的一个因素。归根结底，还是精神的专注在起作用。

《只能抓一把糖给老刘》是完全不同的文字。这一次亚洲面对的是一位上访四十七年的老兵。在这里，文字被还原到最初的功能，它可以不借助任何技巧直接感动你。在亚洲发来的电邮里第一次读到它，感觉震撼。震撼于四十七年这个数字，震撼于四十七年执着一件无望之事的老刘，也震撼于容忍了这一切的社会。亚洲开始的写作动机可能只是同情。在不太正常的氛围中，同情也是有挣扎的。这篇文章亚洲写得并不轻易，他没有回避内心的游移和顾忌，甚至揶揄自己的"假惺惺"。但他还是写出来，发表出来，让更多的人知道老刘的遭遇。他还直接向有关方面写信"搬救兵"，希望借助手中的笔能够让老刘不再露宿街头。亚洲对老刘说："我是一个文人，有用的时候很有用，没用的时候真的一点用都没有。"这话听起来有些心酸，确是实话。也许亚洲的文章最终解决不了老刘的问题，但他无意中树起了一面镜子，通过露宿街头上访四十七年的老刘，照出了方方面面的众生相，也照出了作者自己。亚洲的文字从来没有这样小心翼翼，唯恐偏了导向，唯恐读者误读，唯恐伤了对方的自尊。善良有时也会伤人的。随着了解的深入，各方信息的汇聚，亚洲逐渐靠近了老刘的内心，这个莫名其妙被中途退伍的老兵要的不是一张床，一个户口，他讨的是公道，是四十七年来的真相。我们现在不差钱，为了维稳，付出一些代价，舍得。至于真相嘛，对不起，爱莫能助。至此，施者与受者的关系发生了微妙变化。亚洲想当"和事佬"，老刘却讲"原则性"。"他不容我插嘴，他思路清晰，他用一个军人的斩钉截铁的口吻说，他必须坚持他的原则，他没有理由得不到任何一个退伍军人都应该得到的正式退伍手续，以及一个退伍军人应该得到的政治待遇和经济待遇。"这些记述中，同情已经更多地转换成敬重。我甚至想，在老刘的固执中，亚洲也看到了自己的一些影子吧。

文章就应该是一面镜子。直露也好，曲幽也罢，总要能照出作者自己的心地才好。写卯节的祭祀，亚洲感悟出："我们是这么强大而又这么脆弱。我们真的需要古老的智慧，我们需要援助，让奇特的文字不要消亡，让灵异的通道不要阻塞，让世世代代口耳相传的歌声能够在今天的大地上持续地响起。"写古村指南，亚洲注意到"两棵并立的死树，挺挺地直冲云霄，枝杈如刀如剑，却无一叶"，"死者都如此地不作俗态，何况旁边的生者"。面对玉龙雪山，亚洲浩然发问："如果不高举锋芒，不树起一根最纯洁最神圣的标杆，你玉龙雪山又何必来到人间？"在标榜"将艳遇进行到底"的丽江，亚洲找到了自己的艳遇："古镇让人安静，这就够了。在这么一个纷繁芜杂的时代，有什么词汇能比'安静'这两个字更加鲜艳？""让生活松弛下来，让生活缓慢地上升到精神的层面，那么，你就是邂逅爱情了。"而到了印度，面对陌生的国度，沉浸在完全不同的文化氛围中，亚洲的文字和他的心胸一样，更为开阔，"我发现这一切都很奇妙，一切也都很和谐"，"每个元素或者说每个系统都在认真地围绕着自己运转，互不理解，互不干涉，也没有互相看不起，一切都被置放在同一个空间，被置入同一个清冽的早晨。这种奇特的镶嵌形成了一首诗。诗都是这样形成的，自然，不经意，长短不齐，但是奇妙"。亚洲的笔下还不时出现自嘲的语句："想我当文字匠，这些岁月，谈稿费一年比一年不含糊，还老是标榜自己从事文学是'两快哲学'：一为碗筷，二为愉快；如今却在雷锋的氛围中晃晃悠悠，跟这个碰杯，跟那个碰杯，作庄严状，真是'羞呀么羞煞人'。"凡此种种，不正是一个有良知、重感情、敏而多思、自信自省的作家内心世界的写照吗？

"文章千古事，甘苦寸心知。"寸心和千古，这极不对等的两极，必得要依凭坦诚才得以对接。读亚洲的文字，总是能摸到他的脉搏，坦诚，爽快，清亮亮的，真好！

历史不会忘记他

——访抗日名将黄宇宙

这是一位普普通通的老人。他出生在一个没有任何传奇色彩的贫农家庭，一个个传奇故事却伴随着他的人生。他今年（1995年）九十岁了，他能够活到今天，也是一个奇迹。

他住在哈尔滨市一个普通居民区的四楼单元房里，每天早上都要和老伴儿上街走走。附近的居民都知道，这是一位乐于助人的好老头儿，却很少有人能叫出他的名字，更想不到，他的名字在五十多年前，曾经令日寇、汉奸闻风丧胆。然而，历史没有忘记他，在纪念抗日战争胜利五十周年的日子里，很多人在打听他的消息。一些老将军的日记、回忆录里，屡屡提到他的名字和业绩。他就是当年东北抗日义勇军创始人之一、曾经领导震惊中外的"八七"起义的著名将领——黄宇宙。

黄宇宙是河南新野人，1905年正月，出生在一个祠堂看墓人家里，从小和死人、墓地打交道，养成了不怕鬼的脾气。早在北伐战争时期，他就加入了中国共产党，作为国民革命军的一名炮兵连长，屡建战功。至今在全国政协编选的《文史资料选辑》上，还可找到当年黄宇宙指挥炮兵连，三炮轰开九江城的战绩记录。1927年"四一二"事变后，黄宇宙在和军阀孙传芳部作战时身负重伤，两名入党介绍人也牺牲在战场上。他失去了党的关系，流落到沈阳。

当时的中国，正处于内忧外患之中，沈阳就是中国的一个缩影。日本帝国主义蠢蠢欲动，活动相当猖獗。黄宇宙找到中共沈阳市委领导的一个外围组织——中华缉毒会东北分会，积极参加各种形式的抗日斗争，后被组织送到北平华北大学学习，校长是蔡元培。在校期间，黄宇宙和一些进步学生创办了《北方红旗》杂志，宣传爱国思想，批判压内媚外的卖国主张，并曾按照组织的安排，两次返回沈阳，参与火烧日本大烟馆、炸毁柴河沟日本兵营的秘密行动。

1931年"九一八"事变爆发时，黄宇宙正在度新婚蜜月。妻子郑瑛是华北大学教务长、进步教授郑浩然的女儿，他和郑瑛是同班同学。他们在共同创办《北方红旗》的过程中建立了感情。斗争的生活、严峻的形势，使他们对日后的艰难有心理上的准备。在他们看来，幸福不仅来自两人的爱情，也来自为之终生奋斗的伟大事业。国难当头之际，他们毅然舍弃了新婚蜜月的欢愉，投入到抗日救国的斗争中去。

鉴于黄宇宙有武装斗争的经验，东北民众抗日救国会决定派遣他出关联络组建东北义勇军。此事征得当时在北平的张学良将军的同意，并由张学良亲书一信，交黄宇宙带出关外。信是写在一幅盖有公章和私章的白绸子上，内容如下："辽、吉、热、黑军民均鉴：兹派黄宇宙前往代为问候，并协助组织联防部，以防胡匪。张学良。民国二十年九月二十三日于北平。"临行前，黄宇宙专程拜见了张学良，当面表示："在抗日工作上，我是抱着'生在河南，死在东北，不歼日寇，誓不生还'的决心，以报答国家和少帅对我的信任。"张学良点头表示赞许，勉励他说："出关抗日，生死莫测，但为国捐躯虽死犹荣。祝你胜利而归。"

"九一八"事变后的关外，沦入日寇铁蹄下，已成虎狼之地。黄宇宙行前虽做了充分准备，化装为外出讨账的商人，并特地拜青帮头子为师，学了一些帮规帮话，凶险还是紧紧伴随着他，一出关就陷入九死一生的境地。先是在一个小车站，被日本鬼子不由分说捆打一顿，丢进训练警犬的屋子。身上被绳子捆住，面前是四条狼狗，上了锁的铁门，外面还有巡逻的鬼子兵。一般人到此必死无疑。好在黄宇宙从小练过武功，又能沉着应战，一脚把最先扑上来的狼狗踢掉下巴，趁其他狗被镇住的当儿，运气松绑，用地下的骨头棒，打断三条狗的腿，终于单身战胜群狗死里逃生。谁知刚离狗圈，又入狼窝。黄宇宙第一个去联络的东边道镇守使于芷山，虽是张学良的旧部，此时已秘密投降了日寇，见黄宇宙持张学良手令前来，便将他软禁起来，准备献给日本人请功。所幸于的副官是东北大学的学生，见黄宇宙所持书信确系校长亲笔，便私放了黄宇宙，并告诉他辽东地区驻军的联络线索。此后又经历了许多波折，见识了从土匪到兵痞各色人等，终于联络上了唐聚五、郭景珊、孙秀岩等一批抗日不怕掉脑袋的爱国军人。每到一地，遇到赞同抗日的，黄宇宙都让他们在张学良的手谕上盖章签字。两个多月后返回北平时，那幅白绸子上已密密麻麻盖满了章，签满了字，有的还写上一两句豪言壮语。面对这块白绸，东救会的常委们，仿佛看到了那将要燎原的抗日烽火。

根据黄宇宙汇报的情况，东救会研究决定，立即派黄宇宙再次出关，组建辽宁民众自卫军。黄宇宙只和妻子团聚了两天，又带着武器、经费和委任状，绕道承德，第二次出关。一路上，黄宇宙动员了不少知名人士参加抗日。经过艰苦联络，精心筹划，辽宁民众自卫军终于揭竿而起，唐聚五任总司令，黄宇宙为副总司令。后来，东救会将自卫军战斗的辽东地区划为东北义勇军第三区，自卫军成为东北义勇军的一部分。义勇军在白山黑水间艰苦抗日，感召了全中国人民。1934年，作家田汉、音乐家聂耳有感于东北义勇军的卓绝斗志，创作出《义勇军进行曲》，即今天的中华人民共和国国歌。这支歌唱了几十年，成为一代又一代中国人的精神象征。这是后话。

1932年4月21日，辽宁民众自卫军举旗誓师，是日万人聚会，歃血盟誓，并通电全国，宣称"不灭侵贼，誓不生还"。义军举旗之日，黄宇宙又接到命令，赶赴沈阳，应付国联调查团。

日本侵略者发动"九一八"事变，武装侵占中国东三省，却在国际上散布"兵不血刃，满洲人欢迎日本人"的谬论。国联偏袒日本人，又要做出一副公正的姿态，派调查团来华以掩人耳目。调查团在沈阳的驻地被日本兵里三层外三层围着，名曰保卫国联调查团的安全，实则阻止中国人接触调查团。黄宇宙的任务就是设法突破防线，提供证据，控诉日本侵略者的罪行。这又是一项艰巨而危险的使命。黄宇宙屡经奇险，见难不难，依靠以前在沈阳做秘密工作时认识的朋友，找到英国人在日军屠杀中国人时拍下的现场照片，并打通一位调查团秘书（法国人）的关系，带他化装进入调查团驻地，把日军侵略铁证当面交给调查团团长莱顿。

身处虎狼窝如入无人之地的黄宇宙，在顺利返回北平的当天，却被国民党宪兵三团逮捕入狱，罪名是"利用《北方红旗》，宣传赤化"。抗日功臣黄宇宙在中国的监狱里被关了五个月，东救会通过张学良才把他保释出来。出狱后，为避免进一步的迫害，黄宇宙的岳父郑浩然，商请中共地下党的意见，将黄宇宙、郑瑛夫妻二人化名送到日本留学。留学期间，黄宇宙对侵略者的国度进行了广泛的考察，写出《日本最新口语文化》一书，翻译了《空袭下的日本》《地方自治》等书，为抗日斗争提供了第一手资料。

在黄宇宙传奇性的经历中，最光辉的一页无疑是发动和领导震惊中外的"八七"起义。

1937 年"七七"事变后，日本侵占华北，国共第二次合作，全面抗战开始。黄宇宙已于 1936 年回国，在太行山组建了一支抗日武装，号称"河北游击队"。当时，八路军的主力部队尚未到达太行山东南麓，这一地区的抗日武装还有第一战区第三游击纵队，司令李福和是国民政府任命的，以及共产党员徐靖远领导的河北民军。为了联合抗日，黄、徐二人主动团结李福和，成立了以李为主席的太行山抗敌联防委员会。谁知，土匪出身的李福和只是投机抗日。1938 年 3

月 15 日，黄宇宙率部训练时，与突袭的敌机交火，吓得敌机仓皇逃跑，触山坠落。李福和害怕日本人报复，偷偷将敌飞行员尸体送还日军，邀功投敌。其时，日本军方也正因要实施"以华灭华，以战养战"的战略，在中国物色佛朗哥式的汉奸，以便组织中央傀儡政权。李福和投怀送抱，受宠若惊，勾结日寇，借召开庆祝会之机，设圈套诱捕了黄宇宙、徐靖远。黄、徐二人被押到北平日本军部，敌人软硬兼施，逼其投降，百般无效。我八路军 129 师陈赓旅长得知这一情报，即派人冒险带信给黄、徐，嘱二人"乘机打进敌人心脏里爆炸"。黄、徐表示："既入虎穴，定捉虎子，以身报国，死而无憾。"遂佯作接受敌人条件愿意合作。日寇大喜过望，送二人回部队，将所部编为皇协军第一军，李福和任军长，徐靖远任副军长兼参谋长，黄宇宙任第三师师长。日寇将皇协军的成立视为侵占中国的重要步骤，开动全部宣传机器大肆鼓吹，德、意等国也纷纷派要员前来祝贺、慰问。黄、徐二人忍辱负重，暗中联络心腹，并请示八路军首长，伺机起义。1938 年 8 月 6 日晚十二时，黄宇宙突然被告知，第二天早上，日军顾问和李福和将陪同日军高级代表，途经三师防地去军部阅兵，并宣布成立皇协军第二、第三军。这意外的情况，是敌人"以华治华"的新阴谋，也可能成为举义的最佳机遇。黄宇宙来不及和徐靖远联系，当即找亲信警卫营长、副官、秘书议定：凌晨二时召开连以上军官会，统一思想。军官会上，黄宇宙力斥软弱怯阵的胆小鬼，义正词严地宣布："乘此千载难遇的机会，杀倭锄奸，起义反正，重回祖国怀抱，继续抗日杀敌。我现在命令，今晨八时全体起义。如果我死在火线上，我希望我的部下，无论哪一位，把我的尸体埋在太行山上，让我的灵魂看着鬼子，不让鬼子走近太行山一步。这是我今日之战的遗言。"在座者皆被其精神所感动，纷纷请战。此时已是凌晨四时。

起义按照黄宇宙的部署，准确无误地进行：晨五时，警卫营首先动手，同时将驻各团的日本指导官勒毙；晨七时，全师进入预定地点；晨八时，敌七十六辆装甲车和小汽车开来，黄宇宙带领四十名骑兵拦住小汽车，作欢迎状，乘敌酋下车视察部队，黄宇宙突然举起左手，并开枪击中日军少将长川，黄的部下同时击毙大汉奸李福和。敌人建立东方佛朗哥政权的美梦彻底破灭。见到黄宇宙的举手信号，埋伏在公路两侧的部队一起开火，全部消灭日高级将佐十九名，日本兵三十二名。徐靖远部听到黄宇宙起义的消息，立即袭击即将成立的皇协军第二、第三军，一群乌合之众自行溃散。起义部队共八千健儿，在黄宇宙、徐靖远率领下，迅速与八路军陈赓部会和。

黄宇宙举义时没有想到,"八七"起义在全世界引起了轰动。英、法、美、苏各国报纸纷纷报道,国内《新华日报》《大公报》等更详细介绍了起义的经过。著名记者范长江在《大公报》发表长篇系列报道《东方佛朗哥之死》,同时配发社论:"诸君之义举,不独为国家除叛徒,且彰敌寇之丑于世界,其功甚伟,可以百世而不朽也。"毛泽东同志在延安得知这一喜讯,于9月10日派丁肇青博士前去慰问。丁博士说:"毛泽东同志高度评价举义之事。我怕记不住,写在这张纸上。"白纸上写着:"黄宇宙一个人顶十万大军。十万大军也不一定能消灭这么多日伪高级将领。"中共中央军委授予起义部队八路军冀豫游击纵队的番号,徐靖远被任命为司令员,黄宇宙为副司令员。这时,蒋介石下令不准八路军收编这支部队,由国民政府任命黄宇宙为冀察战区独立第一游击队中将司令。这使黄宇宙左右为难。后来,陈赓旅长代表八路军总部劝说黄宇宙顾全大局,接受蒋的任命。此事还是给黄宇宙的后半生种下了祸根。

1940年,胡宗南以"赤化"的罪名,在西安逮捕了黄宇宙,1944年黄宇宙才因伤病获保外就医。黄宇宙寻机逃到河南,重新拉队伍抗日。他留在西安的妻子郑瑛被胡宗南的特务杀害。以后，黄宇宙部和八路军豫西支队皮定均部会合，被委任为冀鲁豫高参室高参。1946 年太行老区审干运动中，黄宇宙遭人诬告为军统特务，直到 1959 年才宣布平反。

半个世纪过去了。一代抗日名将似乎在历史的背后消失了，没有人知道他的消息。然而，黄宇宙还活着。历史不会忘记他。今年年初，在黄老九十诞辰前夕，我和《黄宇宙传奇》的三位作者，专程去哈尔滨拜访了他。我无法相信，眼前精神矍铄、谈锋甚健的老人已届九十高龄。他的老伴郎山告诉我们，"文革"中黄老被打掉三个大牙，八十岁时又长出了一颗，真是返老还童了。黄老现任黑龙江省政协常委，过着和普通市民一样的生活。他向我们询问各地经济建设的进展，关心着国有大中型企业职工的生活。分手时，黄老下楼送我们到院子里。我们祝他健康长寿。他爽朗地笑了，风趣地说："放心。我还要等着看 21 世纪呢！"

辑
四

慢读的滋味

阅读原本是一个人的事，与看电影或是欣赏音乐相比，当然自由许多，也自在许多。阅读速度完全可以因人而异，自己选择，并不存在快与慢的问题。才能超常者尽可一目十行，自认愚钝者也不妨十目一行，反正书在自己手中，不会影响他人。然而，今日社会宛如一个大赛场，孩子一出生就被安在了跑道上，孰快孰慢，决定着一生的命运，由不得你自己选择。读书一旦纳入人生竞赛的项目，阅读速度问题就凸显出来了。望子成龙的家长们，期盼甚至逼迫孩子早读、快读、多读，学校和社会也在推波助澜，渲染着强化着竞赛的紧张气氛。这是只有一个目标的竞赛，千军万马过独木桥，无怪乎孩子们要掐着秒表阅读，看一分钟到底能读多少单词。有需求就有市场。走进书店，那些铺天盖地的辅导读物、励志读物、理财读物，无不在争着教人如何速成，如何快捷地取得成功。物质主义时代，读书从一开始就直接和物质利益挂起钩，越来越成为一种功利化行为。阅读只是知识的填充，只是应付各种人生考试的手段。我们淡漠了甚至忘记了还有另一种阅读，对于今天的我们也许是更为重要的阅读——诉诸心灵的惬意的阅读。

这是我们曾经有过的：清风朗月，一卷在手，心与书从容相对融为一体，今夕何夕，宠辱皆忘；或是夜深人静，书在枕旁，情感随书中人物的命运起伏，喜怒笑哭，无法自已。这样的阅读会使世界在眼前开阔起来，未来有了无限的可能性，使你更加热爱生活；这样的阅读会在心田种下爱与善的种子，使你懂得如何与他人、与自然和谐相处，在纷繁喧嚣的世界中站立起来；这样的阅读能使人找到自己，无论身处顺境还是逆境，抑或面对种种诱惑，也不忘记自己是谁。这样的阅读是快乐的，"好读书，不求甚解。每有会意，便欣然忘食"，我们在引用陶渊明这段自述时，常常忘记了前面还有"闲静少言，不慕荣利"八个字。阅读状态和生活态度是紧密相关的。你想从生活中得到什么，就会有怎样的阅读。我们不是生活在梦幻中，谁也不可能完全离开基本的生存需求去读书。那些能够把谋生的职业与个人兴趣合而为一的人，是上天赐福的幸运儿。然而，不要仅仅为了生存去读书吧。即使是从功利的角度出发，目标单一具体的阅读，就像到超市去买预想的商品，进去就拿，拿到就走，快则快矣，却少了许多趣味，所得也就有限。有一种教育叫熏陶，有一种成长叫积淀，有一种阅读叫品味。世界如此广阔，生活如此丰富，值得我们细细翻阅，一个劲儿地快马加鞭日夜兼程，岂不是辜负了身边的无限风光。总要有流连忘返含英咀华的兴致，总要有下马看花闲庭信步的自信。有快就要有慢，快是为了慢，慢慢走，慢慢看，慢慢读，可以从生活中、文字中发现更多意想不到的意味和乐趣，既享受了生活，又有助于成长。慢也是为了快，速度可以置换成质量，质量就是机遇。君不见森林中的树木，生长缓慢的更结实，更有机会成为栋梁之材。十年树木，百年树人，心灵的成长需要耐心。

在人类历史上，对于关乎心灵的事，从来都是有耐心的。法国的巴黎圣母院，从 1163 年开始修建，至 1345 年建成，历时一百八十多年；意大利的米兰大教堂，从 1386 年至 1897 年，建造了五个多世纪，而教堂的最后一座铜门直至 1965 年才被装好；创纪录的是德国科隆大教堂，从 1248 年至 1880 年，完全建成竟然耗时六百三十二年。如果说，最早的倡议者还存有些许功名之心，经过六百多年的岁月淘洗，留下的大约只是虔诚的信仰。在中国，这样安放心灵的建筑也能拉出长长的一串名单：新疆克孜尔千佛洞，从东汉至唐，共开凿六百多年；敦煌莫高窟，从前秦建元二年（366）开凿第一个洞窟，一直延续到元代，前后历时千年；洛阳龙门石窟，从北魏太和年间（477～499）到北宋，开凿四百多年；天水麦积山石窟，始凿于后秦，历经北魏、北周、隋、唐、五代、宋、元、明、清，各朝陆续营造，前后长达一千四百多年……同样具有耐心的，还有以文字建造心灵殿堂的作家、学者。"不应该把知识贴在心灵表面，应该注入心灵里面；不应该拿它来喷洒，应该拿它来浸染。要是学习不能改变心灵，使之趋向完美，最好还是就此作罢。""一个人不学善良做人的知识，其他一切知识对他都是有害的。"以上的话出自法国作家蒙田（1533～1592）。蒙田在他的后半生把自己作为思想的对象物，通过对自己的观察和问讯探究与之相联系的外部世界，花费整整三十年时间，完成传世之作《随笔集》，其影响一直延续至今。另一位法国作家拉布吕耶尔（1645～1696），一生在写只有十万字的《品格论》，1688 年首版后，每一年都在重版，每版都有新条目增加，他不撒谎，一个字有一个字的分量，直指世道人心，被尊为历史的见证。晚年的列夫·托尔斯泰，已经著作等身，还在苦苦追索人生的意义，一部拷问灵魂的小说《复活》整整写了十年。我们的曹雪芹，穷其一生只留下未完成的《红楼梦》，一代又一代读者受惠于他的心灵泽被，对他这个人却知之甚少，甚至不能确知他的生卒年月。

这些就是人类心灵史上的顿号。我们可以说时代不同了，如今是消费物质时代、信息泛滥时代，变化是如此之快，信息是如此之多，竞争又是如此激烈，稍有怠慢，就会落伍，就会和财富、机会失之交臂，哪里有时间、有耐心去关注心灵。然而，物质越是丰富，技术越是先进，越需要强大的精神力量去制衡、去掌控，否则世界会失衡，并带来灾难性的后果。对于个人来说，善良，真诚，理想，友爱，审美，这些关乎心灵的事，永远不会过时，永远值得投入耐心。千里之行，始于足下，让我们就从读好一本书开始。不必刻意追求速度的快慢，你只要少一些攀比追风的功利之心，多一些平常心，保持自然放松的心态，正像美好的风景让人放慢脚步，动听的音乐会令人驻足，遇到好书自然会使阅读放慢速度，细细欣赏，读完之后还会留下长长的记忆和回味。书和人的关系与人和人的关系有相通之处，物以类聚，人以群分，书人之间也讲究因缘际会同气相求。敬重书的品质，养成慢读的习惯，好书自然会向你聚拢而来，这将使你一生受用无穷。

多读一点经典作品

据说，现在是物质时代（准确一些说，应是商品时代），单看身边日常物品的更新换代，就像是正月十五观走马灯，那叫一个热闹：iPad 还没有用熟，iPad 2、iPad 3 又接续上市了；手机刚刚开通了 3G，4G 又要来了；汽车、冰箱、洗衣机更甭说，几天就是一个型号；就连花费许多人力物力盖起来的房子，没过几年又要拆掉重盖。时尚推动着人的欲望，利润推动着物质的竞赛。财富创造了物质，物质吸引着财富。在这场花样翻新、令人眼花缭乱的魔术般的游戏中，还没等大多数人醒过盹儿来，财富已被集中到少数人手中，贫富差距一下子拉开了。有一天，物质时代的人们突然发现，本来是被自己追逐的物质目标，竟然转到身后去了，人被物质追着跑，想停都停不下来，眼前的目标却越来越远。失望的人不由得变得焦躁不安，茫然无措，浮躁、烦闷成了时代病。失去了目标的奔跑最辛苦，这样的跟风追逐很容易使人自暴自弃。最好的办法莫如索性停下脚步，仔细想一想，为什么一定要这样赶着跑？自己追求的到底是什么？

这两年，"有尊严的生活"常被挂在嘴上。尊严，首先要从做回自己的主人开始，过一种享有自己感情和思想的生活。美国黑人作家赖特在他的散文中记述了一个黑人孩子，怎样通过读书取得了人的尊严。他把这篇文字题名为《书的发现》。我们从古人那里听说，书中自有黄金屋，书中自有千钟粟，书中自有颜如玉，《书的发现》告诉我们，书中最宝贵的还是尊严。物质时代并不缺乏一般意义上的阅读，风行一时的浅阅读甚至成为物质时代的时尚。我们的阅读缺的是精神世界的阳光、空气和水，缺的是对于人的立身之本的养护。经典著作，特别是经典的散文作品无疑就是这样富含精神营养的宝库。虽然，文学的发展在不同的国家和地区有着不同的轨迹，每个作家都是在面对自己生活的时代说话，然而，不论出自哪一位作家，运用哪一种文字，经典的散文作品都集中了人类的智慧，具有同样的品格：教人自强自立，热爱生活，像人一样站立。

经典并不意味着静态的永恒。正是在一代又一代读者出于不同理由的、探险一般的阅读中，经典作品才得以获取生命的延续。从这个意义上说，每一位读者都是经典著作的参与者与保护神。多读一点经典作品吧，让参与的快感与超脱的安宁一起降临。正像闹市中寻一方绿地，登山时望一眼蓝天白云，纷乱的心境也许会沉静下来，匆忙的脚步可能得以从容。如果你正在遭受物质时代诸多不平衡的困扰，不妨试上一试。

探望童年

接连看到几篇关于远古人类考古发现的报道：一是最近在南非，开采金刚石的矿工，发现了一具一千八百万年前的类人猿的残骸；一是在埃塞俄比亚，出土的一块人类颌骨化石，已有二百三十三万年的历史，同时发现的石制工具，将人类使用工具的时间，前推了五十万年。另据美国科学家证实，现代人起源于非洲东北部的角落，并从那里开始，征服了非洲以外的整个世界。种种信息表明，人类正以前所未有的热情，关注着自己的童年。

童年，正是那遥远而神秘的童年，决定了人类的今天，甚至是今后的走向。

不仅人类的整体，就是一个人，童年同样在很大程度上，决定着他的一生。

我刚刚编辑完成一部书稿——苏联作家左琴科写于第二次世界大战中的《日出之前》。无论就作品的内容，还是作者的胆识，《日出之前》都堪称一部奇书。作者以太阳象征人的理智，把人的婴幼时期、理智诞生前的混沌状态称作"日出之前"。他在这部书中，大胆地以自我为解剖对象，运用巴甫洛夫的条件反射原理，并吸取弗洛伊德的精神分析学，剖析在生命的拂晓之际，人的潜意识和前意识可能受到的伤害，以及这种伤害对于人的一生的影响。在他之前，从没有一个人，这样审视过自己的童年和幼年。

左琴科不是一个科学家，他之所以闯进这一神秘领域，源自他自身的痛苦。他刚刚步入青年时代，就与忧郁症结了缘。"一种无与伦比的莫名的愁思如阴云一般笼罩着我。"他竭力去寻找快乐，寻找朋友，寻找爱情，然而，这一切在他手里却黯然失色，"忧郁寸步不离地跟踪着我"。后来，他参加军队，上过火线，又当过民警、会计、皮匠、法院书记员，直至作家。他想用调换职业和居住地的方法来逃避可怕的忧郁，曾经在三年之内换了十二个城市和十种行业。然而忧郁却一如既往。他求助于医生，接受了除换脑袋之外几乎所有的治疗方法，依然无效。他又乞灵于书籍，却意外地发现，肖邦、果戈理、福楼拜、莫泊桑、托尔斯泰……有那么多的作家、艺术家，都留下过被无端的忧郁烦扰的记录。一次，他去听肖邦的《第二钢琴协奏曲》，乐曲中充满的欢腾的力量引起他的思索：那样一个忧郁病弱的人，哪来这么巨大的喜悦和欢乐？他想到自己那些博得读者哈哈大笑的小说。为什么"在我的书中有笑，可是在我的心中却没有"？欢乐被什么束缚住了？他认定，不幸的原因就隐藏在自己的生活中。由此，他开始回忆自己的经历，逐一解析多次做过的噩梦和怪梦。他的记忆上溯到了婴儿期，终于探索到了病源。原来有四个条件刺激物——水、手、乳房、雷击，在他婴儿的头脑里牢固地形成了不正确的条件神经联系。他母亲告诉他，他一岁那年的夏天，几乎连日雷雨交加。有一次她给他哺乳时，冷不防打了一个焦雷，烧着了牛棚。她吓得晕了过去，小左琴科从她怀里跌到床上，扭伤了腿。于是在婴儿的头脑里，便种下了错误的条件神经联系，以为嘴一接触乳房，就会雷电交加，大雨如注，备受皮肉之苦。而在他吸吮母亲的乳汁时，母亲的手往往把乳头从他的小嘴中拔掉，手则成了掠夺者的象征。诸如此类的无意识伤害，叠加成了复杂的恐惧载体，长久地困扰着他的心灵。当他找到这些错误的神经联系时，这些联系的荒谬性就暴露无遗了。理智的逻辑的力量轻而易举地斩断了这些联系。多年的痼疾随之豁然而愈。

《日出之前》给我们的启示是深刻的。人不能只是到了老年无所事事之时，才去回忆往事。无论是健康时，还是生病时，就像是怀念故乡、惦记父母一样，我们的意识要常常去探望童年，抚慰幼时的伤痛，追索个性的源头。这样，我们的精神就会永远健康而饱满。每一个父亲、母亲，或正准备做父亲、母亲的人，更需要认真阅读《日出之前》，以百倍的细心和耐心爱护襁褓中的孩子，不要使他们受到无意识的伤害。须知人的幼年和童年是一生的精神之根。只有根健壮，日后才能长成参天大树。

列那尔与《胡萝卜须》

法国作家儒勒·列那尔（1864～1910）在世只有四十七年，作品数量也不多，却有着独特的文字风格，在法国文学史上留下了自己的印记，被称为"19世纪的文体家"。萨特甚至称他是"法国现代文学的起源"，"他像福楼拜一样，让我发现了什么叫真正的美……他把寂静变成了文学"。

列那尔一直在法国的乡村生活，他喜欢亲近孩子和大自然。他的作品富有童心，孩子的或是大自然的。他的童年并不快乐，父亲是个公共工程承包人，性情粗暴，爱挖苦人，崇拜伏尔泰，反对教会。母亲是个虔诚的教徒，严厉，苛刻，好体罚。列那尔在家里最小，父母亲都偏爱哥哥姐姐，挨打受罚的差事总是轮到小列那尔来承受。上中学，做了寄宿生，才得到解脱。1883年中学毕业后，列那尔曾从事过铁路职员、家庭教师等职业。他的文学生涯从写诗开始，后改写短篇小说。起初的几部作品都是自费印行的，如《乡村的罪行》《冷冰冰的微笑》等。在这些作品中已经开始有了"胡萝卜须"这个典型的影子。在文字风格上，列那尔服膺17世纪的拉布吕耶尔，认为"一种现代意味的拉布吕耶尔风格，这是最佳风格"。拉布吕耶尔的风格就是简洁、准确、犀利。列那尔以此为目标，经常告诫自己，"绝对不要写长句子"，"要像罗丹雕塑

胡萝卜须

〔法〕儒勒·列那尔 著

徐知免 译

百花文艺出版社

百花版《胡萝卜须》书影（1984年）

那样去写作"，"希望不再看到十个字以上的描写"……他把简练作为一种文学信仰，以为"风格，即使用必不可少的词儿"，并预言"未来属于文笔简练、惜墨如金的作家"。在不断的严苛的写作磨炼中，列那尔逐渐形成了自己的风格。最能够代表他风格的，就是《胡萝卜须》和《自然纪事》。《胡萝卜须》1894年出版。作者用许多独立成篇的故事记述了一

个在家里饱受歧视的儿童。他的头发是棕红色的，脸上长满雀斑，母亲给起了"胡萝卜须"这样一个绰号。他在这个五口之家中渴望像兄姊一样享受到爱的温暖，却百般努力而不可得，内心屡受挫磨。期望与现实的巨大落差，使得这个孩子经受的日常琐事呈现出颇有戏剧性的心理张力，凄婉中富于幽默。作者以自己幼年的亲身感受创造了这个人物，用丰富的细节画出了勒皮克一家个个鲜活的众生相。全书叙事几近白描，情绪内敛，人物心理不着一字，全凭细节托出，令人好笑又流泪，回味无穷。有的人读出了愤怒，有的人读出了励志，有的人归结于自然主义。作者自己则说："仿佛一个我已经记忆不清的美丽的梦的影子。"其实，像所有经典作品一样，《胡萝卜须》是说不尽的。

《胡萝卜须》由列那尔本人改编成剧本，1900 年于安托万剧场上演，后来又拍成电影，大受欢迎。影响最广的还是原著，几乎走遍了世界。1933 年经黎烈文首次译成中文，连载于《申报·自由谈》，受到鲁迅先生的赞许。曾经写下《我们现在怎样做父亲》的先生，想必和《胡萝卜须》作者心曲相通。列那尔在日记中曾反躬自问，"胡萝卜须"将来会成为一个什么样的人呢？答案是，"他将来准是个好爸爸，好丈夫"，"一个好得几乎有点傻的人"。日常生活中，与他笔下勒皮克家的大人相反，列那尔十分在意对孩子的教育，经常反省自己的欠缺。他的写作亦可视为努力成为好爸爸的一部分。《胡萝卜须》完稿后，他在卷首写下"给方泰克和芭伊"，即他的儿子和女儿。然而，生活的吊诡之处往往出人意料。方泰克的学习不让人松心，着急发火甚至喊叫总免不了，爸爸事后诚心诚意地向儿子表示歉意，得到的回答只是无关痛痒的"哦！不"、"哦！是"。列那尔发现，儿子天性十分冷漠，"他把我的所作所为，哪怕是发怒，都从好的方面去看"。在1901年11月6日的日记中，列那尔一反往日的简要，详细录下和儿子的对话，心中的苦恼无可排解，不由得以"胡萝卜须"的口吻感叹着："这大概是给'胡萝卜须'的最大教训，最严峻的考验了。为了使孩子好好长大成人，他采用了跟勒皮克家相反的做法，可是他所做的一切都毫无用处：他的孩子还是跟他自己过去一样不幸。""难道我所建立的家，将给予我和文学上造成的那个家一样的麻烦吗？做人真难啊！"

生活超越了所有经典。

卡尔德龙与《迪巴科克日记》

对于哥伦比亚作家爱德华多·卡瓦耶罗·卡尔德龙（1910～1990），我们所知实在不多。他的小说，完整译成中文的，大约只有早期作品《席尔沃的向往》一部，但这并不妨碍我们从他的文字中读出亲切。《迪巴科克日记》就是这样的文字。人类在某个发展阶段，会先后开始城市化。当城市将资本、商品、权力，当然还有人的欲望高度集中之后，它本身就成了一块磁石，吸纳着大批原来以乡村为生存之地的人进入城市。城市在某些方面能够暂时满足他们。然而，"城市里的生活是人为的，虚假的"，一旦城里的生活由看得见摸得着的繁华，变成了欲望比拼、时尚变幻的游戏，人们发现，在一场永无止境的追逐中，把自己丢了。"因为人在城市里会沉沦，会失去自己的本色。""人有感觉、有痛苦、有欲望，从踌躇不决而导致最后思考。每当他们脱离了'自我'的时候，他们便会跌跤，从而像城市的水泥墙一般，沉没在一种贫乏无味的唯物主义中。"卡尔德龙在《迪巴科克日记》中所写的，我们今天正在经历。面对身处城市的无奈、失落、焦虑，怀念乡村反倒成了城里人的时髦话题。城市周边尚未完全被破坏的田园风光，悉数成了旅游热点。怀恋乡村昔日美好的文字，也不断重复地充斥着各种出版物，泛滥成了公共话语。正像卡尔德龙说过的："他们操心费神地寻觅农村，但不是在心灵之内，而是在心灵之外。"说得太好了。诉诸心灵的写作，不论以乡村还是城市为题，都是和自己内心的对话。当众人都在说着共同的话题时，有必要先听听自己心里的声音。

卡尔德龙出生于首都波哥大，在波哥大修完中学和大学学业，攻读文学、哲学和法律，随即投身新闻工作，先后担任哥伦比亚最大的报纸《时代报》记者、编辑部主任，开始散文写作；三十岁后进入外交界，曾任哥伦比亚驻秘鲁、阿根廷、西班牙等使馆外交官，著有两部文学评论和游记；1962年至1966年，任联合国教科文组织常驻代表。作品以取材于哥伦比亚乡村现实生活的长篇小说著名，主要有《基督所背弃》（1952）、《一个高尚的野蛮人》（1956）和《该隐》（1966）等。卡尔德龙虽长期生活在大城市，却对农村和农民有着难以割舍的特殊感情。迪巴科克是哥伦比亚波亚卡省的一个小镇，也是卡尔德龙祖辈生活的地方。每当被城市的喧嚣搅扰得内心迷惘烦躁时，他都要到这里寻找本来的自己，复原感官的天然状态。他对农村的感情，来自于内心的需要，回到农村，会感到"精神重新焕发起来，恰如一棵花草从温室里移出来，又移植到本乡本土的小山上，又移植到在布满石子的河床里长年潺潺而流的小溪旁"。由此，他对农村的认识逐渐上升到哲学层面。"感觉到了的东西，我们不能立刻理解它，只有理解了的东西才更深刻地感觉它。"（毛泽东《实践论》）乡野像魔术师一样把洪亮的音响变成缕缕柔丝，近处的动静也像来自很遥远的地方，甚至声音都是某种事物呼出的气息……卡尔德龙对迪巴科克田园风光的体验，脱开公众共通的感受，朝个人心灵深处跨进。什么是美？什么是永恒？在天籁般的乡村晨奏曲中发现和感悟，"战争、政治、社会问题、经济萧条，这一切都会或早或晚地过去或者消失。但在乡村的黎明时分醒来所听到的田园奏鸣曲，不是已经历了年年月月、世世代代，并且还将永远存在下去吗？"然而，卡尔德龙笔下的乡村并非不食人间烟火的伊甸园，市场竞争，机器来袭，榨甘蔗工坊里闲聊的话题也变得沉重。迪巴科克面临着自然经济的瓦解，文尾重重的感叹号，给读者留下无穷想象空间，越发衬托出作者振聋发聩的警示：农村"最根本的东西都是城市里绝不会有的"，"人类的城市化意味着人性的丧失和理智的丧失"。

卡尔德龙为迪巴科克写过两部日记，时间在 20 世纪 40 年代。有学者在论述拉丁美洲作家时说过："他们在几十年前明确表达的思想，有的时至今日我们才开始涉及；他们的勇气和远见灼识，着实令人折服。"（林光《拉丁美洲散文选·前言》）读《迪巴科克日记》，知此言非虚。

日本随笔的魅力

日本是个好奇心旺盛的民族，对外部世界的种种信息无不充满关注。即使在历史上的锁国时期，尚透过荷兰这扇西窗，关注欧洲文明进程，吸收西方自然科学成果，形成所谓的"兰学"。同时，这个民族又是内向的，甚或有些自闭，不愿向外界透露自身的信息。无论是早年遣唐师华，还是明治维新以后，举国引进西学，其着眼点都在于实用，贯彻着重实践的"及物"精神；对于传统文化的维护，小心谨慎得近乎执拗。有日本学者将日本形象地比喻为宇宙空间中的黑洞：它可以无限度地吸收周边所有物质的能量，但不允许任何光和热从自身散发出去，外部世界也就无法看清它。日本散文就是在日本民族独特而多面的文化心理和审美趣味上，生长起来的。

文学意义上的散文，都是在语言文字的实际应用中演变、发展而成熟的。被称为日本第一部随笔集的《枕草子》，就是在平安时代（794～1192）的宫廷女流文学，特别是日记文学的兴盛中脱颖而出的。《枕草子》约三百段，原是作为中宫女侍的作者，"凭了自己的趣味，将自然想到的感兴，随手记录下来"的文字，大抵是"自己眼里看到，心里想到的事情"。作者清少纳言家学渊源，深通歌道，又熟知汉学，艺术趣味的高雅和体物入心的敏感都有过人之处。其文字简洁畅达，明快机智，自然率真的记述中，透露出个性的伶俐好胜，甚或调皮任性。《枕草子》的表现手法是直观的，善于在十分细微的事物中，捕捉瞬间的印象和感受，发现日常生活琐屑的趣味，集中体现了日本民族特有的审美品格。

镰仓时期（1192～1333），武家与贵族新旧势力角逐政权，战乱频仍。社会的动荡不安使人们借宗教取暖，求得对现世烦恼的解脱。文化精英们深感世事无常而出游各地，遁入深山静省为隐者不乏其人。隐者文学应运而生。鸭长明的《方丈记》与吉田兼好的《徒然草》，便是隐遁者记录内心感悟的随笔作品。兼好这个和尚甚是有趣，《徒然草》二百四十三段，虽自叙为排遣无聊而兴之所至，漫然书之，却系以沧桑之心发禅悟之语，又并非释家万念俱灰的悲观，儒家和老庄的影响时有流露。作者并不回避自己对俗世欲望的理解和欣赏，于万物流转的无奈中品赏滋味，甚至超脱自家身份，对鄙俗的僧侣冷嘲热讽，显发出活泼泼的生趣。

在日本作家永井荷风墓前（东京，2008年）

《徒然草》的文字结实劲健，朴素辛辣，超妙而不空疏，风趣而不油滑，和《枕草子》的细密率真堪称双璧。特别应该指出，《枕草子》和《徒然草》都是在偶然的情况下流传于世的。它们的作者将这些文字视为私人的空间，从没有公之于世的意愿，因而下笔自由随意，了无避碍。这一点对日本后来的随笔文学影响至深。也许正是由于这样的开端，日本散文的发展，和儒家文以载道的传统，有着全然不同的路径。

明治维新（1868）以后，在"四民平等，开国进取"的旗帜下，日本开始走上近代化国家的道路。在引进西学的过程中，文化上的冲击、碰撞，以至吸收中的排拒，排拒中的吸收，呈现出犬牙交错的复杂情形，远比经济、政治领域来得曲折、漫长。小泉八云、冈仓天心、幸田露伴的散文，可以看作这个时期，东西方文化交融的一个侧面。

被认为"比西洋人更理解西洋，比日本人更理解日本"的小泉八云（原名拉甫卡迪奥·赫恩），是出生于希腊的爱尔兰人，1890年以美国记者的身份来到日本，为日本文化的独特魅力深深吸引。在松江中学执教时，和当地旧藩士的女儿结婚，后加入日本籍。他用符合东方审美特性的方法讲授英国文学，同时以英、日两种语言写作。他的散文有印象主义的色彩，特别突出视觉、听觉的官能感受，以西方人的视角传达出对于日本自然风情、社会习俗的理解和尊重，成为东西方文化之间双向交流的使者。据说，当年渡海来日本观光的英美人士，十之八九行囊中都带着一本小泉八云的作品。

冈仓天心终身从事艺术教育和研究，致力于日本乃至东方美术的再发现、再评价。在西风东进的大潮中，他的《茶之书》（1906）逆风而上，通过对于茶道的艺术描述，展示了受东方思维方法支配着的美的特征，从中"表现出我们对于人与自然的全部的见解"。该书用英语写成，是针对只知道"施与"不知道"接受"的西方而写，被认为是"受西方冲击而开始的近代日本，一个觉醒了的知识分子重新发现了东方的价值"（藤田一美）。作者以犀利的语言质疑西方至上的价值观："你们以动荡为代价得到了扩张，我们却创造了无力抵抗侵略的调和。你们信不信，在某些方面，东方优于西方？"

幸田露伴被文学史家归入拟古典派。他幼时即热衷于中国古代典籍，在东京学习英文时，仍坚持汉学家塾的学习，专攻程朱理学。露伴文学以东方哲学和佛典的观点，对文明开化和欧化万能的时代风潮展开批判，"证明了在（日本近代化）这一过程中，传统文化仍然有生存的可能性"（《日本文学史序说》下卷）。

变革的时代终究是年轻的时代。在新的社会现实面前，自古以来言文分离的写作，旧有的表现方法的约束，妨碍了人物的感情和语言功能的自然流露。时代对于新文学的期待，呼唤着自由而富于变化的文体。新一代的知识分子，在汲取欧洲文艺复兴以来文学营养的同时，重新审视本民族的文化传统。明治文学代表作家岛崎藤村，在回忆托尔斯泰、巴尔扎克等欧洲作家对他的影响时谈道："奇怪的是，当我对这些外国的近代文学产生兴趣之后，又反过来促使我重新阅读一些本国的作品。正是在那个时候，我发现感人至深的《枕草子》有许多值得学习的东西。"吸收、反思、融合、尝试，经过几乎一代人的徘徊、摸索，日本散文终于实现向近代的转型。与小说以揭示社会问题介入变革不同，日本散文的转型以大自然的清新、包容、勃勃生机，展示出精神面貌的焕然一新，掀开了新的一页。德富芦花的《自然与人生》（1900）、国木田独步的《武藏野》（1898）、岛崎藤村的《千曲川风情》（1912）的相继问世，是日本近代散文发端的标志。德富芦花面对自然那种仪式化的描述，国木田独步在武藏野寂寥的小径上富有象征意味的感悟，岛崎藤村对于自然和最贴近自然的底层民众诚敬素朴的感情，使他们的文字呈现一种圣洁的宗教感，在读者面前展现了广阔的新世界。"大自然能使世界万物表现出绝好的趣味来。"这里面既有对传统审美趣味的承继，也弥漫着浓郁的浪漫主义文学气息。他们的努力为日本现代语言的形成和发展起到奠基的作用。

20世纪以降，随着各种文艺思潮的传入，日本文坛流派纷呈，转瞬即逝。相对于小说、诗歌的活跃，随笔文学一派波澜不惊。随笔在江户时期（1603～1867）曾盛极一时，各行各业均有写家，珍闻趣谈，奇风异俗，皆可入文，以至概念泛化，参差不齐，后世学者为之衡量规范颇为无奈。"权且把过去已经站得住脚的文章称为随笔，而把今天尚难定论的文章，只好叫作杂文，以示区别。"（石川淳）然而，面对外来文化的强势压力，作为保存传统审美趣味的堡垒，相对保守的随笔，其贡献不可轻视。战前的永井荷风，战后的川端康成，将随笔与小说的特质融为一体，相互借力，倾心经营，成就卓然独立的文学风格。

永井荷风早年以自然主义的小说登上文坛，不久便赴美、法游历，接触到西方国家的近代文明与艺术，回国后目睹单纯从形式上模仿西方的日本社会，对浅薄浮华的明治文化感到失望，创作上开始从拥有深厚底蕴的江户文化中汲取美的营养。他以貌似落拓不羁的生活态度对抗社会的虚伪和鄙俗，内心深含严肃认真的思索和忧虑自国文化的拳拳之心。散文集《晴日木屐》"为变幻的世界立下存照"，细密感伤的怀恋中，不时冒出如匕首般锐利的语句，刺向"为了眼前利益，急不可待肆意糟蹋世界上独一无二的自国的宝器"的伪文明行径。今天看来，荷风文学远超出唯美主义的窠臼。

川端康成战前即以《伊豆的舞女》蜚声文坛。战后他感叹道："民族的命运兴亡无常，兴亡之后留存下来的，就是这个民族具有的美。"本着这一认识，他的作品着力追溯和展现日本传统美的特质。他在接受诺贝尔文学奖时发表的讲演《我在美丽的日本》，集中体现了他对日本传统美的理解和追求。他的散文不拘泥于文体，描写清淡，叙事委婉，情绪节制而富有感染力，议论常缘事而发，从不强加于人，文字中笼罩着淡淡的哀愁和感伤，在感伤的底下透出温和。这些艺术特质和他的小说一样，形成完整的川端文学之美。

毫无疑问，无论社会的政治的变化产生怎样的影响，日本散文的发展始终有着自己的脉络。"在文化的表层，学习西方、尊崇独创的风潮已经形成，但在文化的深部，却潜藏着另一种思想。"（多田道太郎）这大概就是日本散文发展至今内在的动力吧。

（本文系为上海学林出版社《日本散文经典》所写序言）

散文的拉丁美洲

　　拉丁美洲是一个文化地理的概念，也是一个历史的概念。拉丁美洲文学就是由对本土历史的书写与辨正开始的。1492年，正是这个被称为"哥伦布发现新大陆"的年份，成为美洲历史的分水岭。在此之前，这片土地上生活着的土著民族创造了以玛雅、印加、阿兹特克为代表的灿烂文化，虽然没有留下多少文字的历史，却以建筑、雕刻、冶炼、医学、天文历法等方面的卓越成就以及丰富的传说、特异的习俗独立于世。随着西班牙征服者毁灭性的杀戮和掠夺，土著文化被迫中断了自然发展，甚至失去了命名的权利。"印第安"是征服者加给土著人的称呼，哥伦布至死都还认为他所到达的是印度。关于这片土地的历史，出现了不同的记述：征服者撰写的历史常常伴随着谎言和欺瞒。似乎这里的一切，只是由于他们的到来才有了开始；有良知的亲历者也在拿起笔，将耳闻目睹印第安部族的生活状况和殖民者带给他们的不幸遭遇书写下来，以正视听。

贝尔纳尔·迪亚斯·德尔·卡斯蒂约（1496～1584）是西班牙远征军的普通一兵，参加过征服新西班牙的许多战役。当他带着一身创伤回到西班牙，读到的征服历史满是对殖民者歌功颂德的谎言，和他的经历相去甚远。为恢复历史真实，他花费十五年心血，写出《征服新西班牙的真实历史》，该书在他逝世后的 1633 年出版。卡斯蒂约在书中"只是描述他目睹和亲身经历的事情，他的叙述不咬文嚼字，因而风格特别清新。描写细致、生动而具体，一切事物无不栩栩如生"（托雷斯·里约塞科《拉丁美洲文学简史》）。拉斯·卡萨斯（1474～1566）是一位富有正义感的教士，1502 年来到新西班牙，目睹殖民者的暴行，改变了他的人生道路。他成为印第安民族的维护者。"卑鄙行为只有公之于世才能克服。"他写下的《西印度破坏简述》，以亲身经历的事实揭露了"由于西班牙人的残暴和人所不齿的作为，比西班牙的疆土还大的十几个王国如今荒如大漠"。卡萨斯的文字感情浓烈，爱憎分明，既有生动的形象描写，又带有极强的论辩性。"他写作跟讲话一样，辞令有力，灵活多变，飞溅着墨水的火花，像骑手催迫飞驰的马，蹄下尘土飞扬，石路迸发着火花。"（何塞·马蒂《可敬的卡萨斯神甫》）以良知对历史发声，以斗争为历史做证，从一开始就成为拉丁美洲散文的主旨，其影响一直延续至今。

第一部美洲人写下的关于美洲的散文著作，应该是加西拉索·德·拉·维加的《印加王室述评》。维加生于原为印加帝国都城的库斯科，父亲是西班牙贵族、殖民军的统领，母亲是印加太阳族公主。他在印加贵族和西班牙征服者中度过了童年和少年时代，懂克丘亚语（秘鲁印第安人通用语），也熟悉西班牙语和拉丁文，青年时代还曾去西班牙接受过高等教育。在美洲印加文化和欧洲文艺复兴思潮的双重熏陶下，他的写作鲜明地呈现出两种文化碰撞和融合的印记。《印加王室述评》是他晚年避居西班牙小城科尔多瓦时写的回忆录。在《序言》中，作者自陈："出于对祖国理所当然的热爱，我不揣冒昧，承担起撰写这部《述评》的重任。在这部书中，人们将从印第安人虚妄的宗教信仰礼仪中，从他们诸代国王平时和战时的统治方式中，从可以介绍的关于他们的其他一切事情中（从最下层平民百姓的活动直到最上层王室的活动），清楚明白地看到西班牙人到达以前那个国家的一切情况。"全书在自然质朴的记述中，流荡着作者对故土的痛苦的怀恋，开创了全新的文学范式。

文化的融合不以人的意志为转移。在殖民者对美洲的财富掠夺和精神控制日臻"完善"的过程中，造就一代又一代土生白人、混血种人、印第安人和黑人的反抗者；两种不同的文化在长达三百年的磨合碰撞中相互影响，形成代表新兴美洲利益和宗主国相抗衡的新文化。18世纪末、19世纪初，拉丁美洲各国相继爆发独立运动。文学，特别是散文成为揭露殖民统治罪恶、宣传独立自由的武器。这一时期著名的散文家大都是政治活动家，如胡安·蒙塔尔沃、冈萨雷斯·普拉达、何塞·马蒂等。他们首先是立足于现实的战士、实践者，然后才是作家、学者。这个传统延续下来，在即将到来的20世纪，面对纷繁多变的欧洲大陆文艺思潮的浸润，拉丁美洲作家汲习与反叛兼而取之，始终坚持从现实生活出发，化彼为我，形成独有的文学景观。鲁文·达里奥的《蓝》（1888）和何塞·恩里克·罗多的《爱丽儿》（1900），是世纪交替时期拉美散文的第一批收获。恩里克·罗多认为："如果没有广泛的思想基础和人性目标，从而深刻地影响人心，任何文学流派都是无足轻重和昙花一现的东西。"他面对美洲青年，旁征博引，深入浅出，站在新世纪高度，对理想、信仰、教育、休闲等诸多话题给出前瞻性的预言。他提出的"无论个人生活还是社会生活都不应该只有独一无二的目的"、"恰恰在文明取得了全面和高雅文化成就的时代里，种种精神的局限性危险有着更加实在的分量和可能导致更加可怕的后果"至今都有其现实意义。《爱丽儿》被视为"拉丁美洲新纪元的伦理福音"。达里奥的诗和散文在融汇欧洲各种文学流派的基础上，突出灵动不羁的个人特色和思想的自由表达，语言上追求当时西班牙散文尚未讲究过的音乐感，注意内在的旋律。《蓝》的问世"超越了潮流"，标志着"固定的格式一去不复返了"，为拉美文学在 20 世纪世界文坛上获得独特地位打下了基础。

20 世纪上半叶的拉美文学，在学习和创造中积蓄着力量。墨西哥作家阿尔丰索·雷耶斯的《阿纳瓦克风光》（1917）是这一时期的散文杰作。阿纳瓦克原为阿兹特克文明的中心，1521 年西班牙征服者洗劫摧毁了这里。雷耶斯以多变、怀旧的笔触再现了当两个民族、两种文明彼此对峙时那种梦境般的时空奇观，记录了殖民者对印第安土著人横施的暴力，使殖民前墨西哥的一切从浩瀚的历史传说中一跃而起。智利女诗人米斯特拉尔誉之为"拉美无韵文的绝唱"。米斯特拉尔和聂鲁达均以诗歌创作的成就获得诺贝尔文学奖，他们的散文作为各自文学生涯的见证和注解，或细腻或奔放，或柔美或豪迈，都是内心情感的真实流露，也是他们文学遗产的组成部分。另一位诺贝尔文学奖获得者，危地马拉作家安赫尔·阿斯图里亚斯，以叙事散文《危地马拉的传说》走上文学道路，一开始就将作品植根于自己的民族和印第安人传统之中。这传统成为他日后作品中的意象与象征的源泉。阿斯图里亚斯并非个别的文学现象。由于印第安土著历史的佚失，拉丁美洲作家普遍地有一种与生俱来的探寻历史真相的责任感。探寻的进程扩展了作家的视野，增长着创新意识，使得拉美作家最少偏见，最富于艺术探索精神。20世纪60年代的拉美文学"爆炸"就是这种精神的集中体现。文学"爆炸"的代表作家胡里奥·科塔萨尔、加西亚·马尔克斯、卡洛斯·富恩特斯、巴尔加斯·略萨和何塞·多诺索等，面对尖锐、复杂而严酷的社会现实，冷静思考，积极介入，勇于探索，创作出一大批风格独特、影响广泛的新小说，魔幻现实主义、结构现实主义、心理现实主义等艺术流派应运而生。与此同时，他们为阐明见解，总结经验，相互声援，写下许多脍炙人口的散文随笔。而在跨越文学"爆炸"前后的很长一段时间里，在散文领域独树一帜、享有世界声誉的领军人物，当属豪尔赫·路易斯·博尔赫斯和奥克塔维奥·帕斯。他们写作时间的跨度之长，从一个侧面反映了散文的特性。

博尔赫斯的文学观念里并不看重文体的区分、地域的特色。他看重的是语言，语言背后的奥秘。从少年时代起，父亲的启蒙"让我明白了语言不仅是交际工具，而且是神奇的象征和音乐"。他酷爱读书，博采东西方文化的精华，着迷于不合情理的词义变化、隐喻暗示的魅力、散发着迷宫气息的象征。中年以后，因眼疾渐至失明，想象的世界使他思维更加宽广。他突破了传统的文学观念，试图表现和探索语言背后世界的多元、时空的交错、人生的迷惘、未来的无限可能性。他的散文和小说一样驳杂丰饶，表现新颖，犹如一条条智慧的河流，常起于平实，流向曲折迷离、不可预测，至浪涛拍岸时，震撼读者的是思想的力量。帕斯曾准确地指出："博尔赫斯同时为两个互相对立的神祇效劳，一个是朴素，一个是奇崛。他常把二者合而为一，收到令人难忘的效果：自然而不失于平淡，奇崛而不失于怪异。"他的文学成就得到了超越所有奖项的荣誉，被称为"作家的作家"。

帕斯出身于书香世家，以诗歌名世。他学识渊博，著作丰富，对东方文明了解颇深，曾从英文转译李白、杜甫、王维、苏东坡的诗作。其评论文字见解透辟，气势磅礴，极其雄辩，富于批判精神。略萨称他为"西班牙语世界最后的知识泰斗"。他的散文代表作《孤独的迷宫》（1950）从分析"帕切克"（花衣墨西哥青年）现象入手，揭示了墨西哥人（抑或是全球性的）在现代化过程中成为精神孤儿的根由和出路，表现了对于人类命运的关切和忧虑。1990 年，由于他"视野开阔、充满激情的作品"，"将拉美大陆史前文化、西班牙征服者的文化和西方现代文化融为一体"，被授予诺贝尔文学奖。

抒写作家间肝胆相照的友情，是拉美散文最感人的部分。写作环境的艰苦，固然需要相互砥砺，相互扶持，在更广大的背景上，从第一代知识分子开始，就为之奋斗的拉丁美洲一体化的共同诉求，是他们相惜相重、心息相通的纽带。加西亚·马尔克斯给卡洛斯·富恩特斯的一席话说得好："我们大家在写同一本拉丁美洲小说，我写哥伦比亚的一章，你写墨西哥的一章，胡里奥·科塔萨尔写阿根廷的一章，何塞·多诺索写智利的一章，阿莱霍·卡彭铁尔写古巴的一章……"本书在编选中，亦将拉丁美洲文学作为一个整体，不按国别，统一编目，以示尊重。

（本文系为上海学林出版社《拉丁美洲散文经典》所写序言）

申涵光清言二题

清言与实学

清言是明末清初小品文的一个品种，以博雅闲致、言简意赅为特色，又称杂语、杂著、清语、清话，后世称之为小品中的小品。清言可上溯先秦诸子。《老子》《论语》，取精用宏，微言大义，以片段言辞集成博大精深的思想体系，这种言语方式当为清言的源头。魏晋时期，文人崇尚清谈，讲究名士风度，出言语带机锋，玄远冷峻，简洁而生动，《世说新语》辑录魏晋士人言行，流传后世，对清言影响甚大。明清之际，先是宦官当权，政治黑暗，后有异族入侵，江山易主，有志文人多避居林泉，寄情山水，问道典籍，以谈玄论禅、评诗论画为乐，于是清言大盛。万历年间，屠龙将平日所记隽语，集为《娑罗馆清言》刊行，始为"清言"名世。其后，洪应明《菜根谭》、陈继儒《岩栖幽事》《太平清话》、吴从光《小窗自记》、张潮《幽梦影》等相继问世，产生较大影响。申涵光的《荆园小语》《荆园进语》等清言著作在其中占有独特的位置。

"荆园"二语虽为清言，却绝少风晨月夕、烟岛云林之语。作者以家常生活为关照对象，"洒扫应对，即精义入神之事"。举凡衣食住行，柴米油盐，待人接物，种种细枝末节，皆能入心入理，发人所未发，其言辞极平易亲切，寓意则抉微见著，句句着实，和标举"文风恬静，无烟火气"的清言相较，近乎异类，抑或说其返本溯源，得清言之真传。这是作者所处时代及其生活阅历、价值取向所决定的。

申涵光（1618～1677），字孚孟，号聪山，河北永年人。生于官宦世家，自幼聪颖好学，十五岁补邑庠生，少以诗名。其父端愍公佳胤为崇祯朝太仆寺寺丞，甲申之变，殉难于北京。遭此变故，申涵光决意弃废举业，专心耕读持家，教诲弟侄，"荆园"二语即是日常持家读书所得，原为供家塾中兄弟互勉的文字。论到做学问，申涵光常说："学不可偏，偏则虚实皆有弊。唯实以立基，虚以启悟，斯为善学耳。"并告诫子侄莫做空头学问："终日抄药方而不能瘳一疾，终日写路程而不能行一步，徒知无益也。"又说："闲中宜看医书，遇有病人纵不敢立方制药，亦能定众说之是非，胜于茫然不知，付诸庸医者矣。"这些看似普通的经验之谈，并非泛泛而言、无的放矢，暗合着当时思想界的一场大变局。明清换代之际，天崩地坼，王纲解纽，作为主流意识形态的宋明理学面临着时代的检验。当时的学界奴气泛滥，儒者多只会依傍程朱而大言取名，假义理空谈心性，崇尚玄虚，陆王后学，更是束书游谈，几近狂禅。清初思想界，以顾炎武、黄宗羲、王夫之为代表的有识之士，痛定思痛，反思理学利弊，斥空谈，崇实学，强调将理性思辨与经验见闻相结合，倡导"思学兼致、经世致用之实功"，开一代新学风。申涵光"年少文坛，老来理路"，从自己的人生经验出发，对理学诸家亦多有辨析，所著"荆园"二语，特别是《荆园进语》，有近半篇幅评点陆王，针砭时弊，与顾炎武、黄宗羲相呼应。比如，"师道不立，最是末世之患。春秋若是无孔子，三千弟子，其能自立者几人哉？道之不明，前代容有异端驳杂，今并无此患。天下聪明才智之士，都被声色货利诱去，间有口中说道理者，究其心事，依旧在声色货利上，所以此道全然高阁，教化不兴，真不知所底止。""杨慈湖静坐反观，时时有得；象山鼓震窗棂，豁然有悟。皆非虚言也。人尝瞑心静坐，自然别有一段光景，然于应人接物，却无实际。在深山老衲，未为不可，我辈五伦百行，事事不同。一处疏略，便有错误，如此虚光景，何能得力？"这些评论切中时弊，有很强的针对性。又说，"经为经，史为纬。经如医论，史如医案。论以明病之源，案以验药之效。儒者必贯串经史，方为有用之学"，和黄宗羲所论"不为迂儒，必先读史。读史不多，无以证理之变化"如出一辙。

清初倡实学者，莫不以自然为根本，有"人心之理，即天地万物之理"一说，以自然的天性活泼对抗以义理教条对人性的钳制和戕害。申涵光明确提出"自然，礼义之本"的观点，主张"人生随时进，如春花秋实，自有节次。少年时志要果锐，气要发扬，但不越于礼足矣，不必收敛太早。如迂腐寂寞，譬如春行秋令，亦是不祥"。又说，"言动文雅，须要自然。若过作身分，妄自矜庄，反不如本色家常，不招非笑"。在《荆园进语》中，更进一步指出以自然为师的必要："圣学天，天地自然之理，日在目前，但人不潜心耳。四时行焉，百物生焉，正是明明指人以学天。若此略过，虽终日谆谆训诫，亦自不悟，欲无言者，所以深于教也。"本着顺应自然的道理，申涵光身体力行，倡导日常生活须取中适度，应时应分。比如，"俭虽美德，然太俭则悭。自度所处之地，如应享用十分者，只享用七八分，留不尽之意，以养福可也"。又如，"花木禽鱼，皆足以陶情适趣，宣滞节劳。若贪恋太甚，反多一累。花木择土宜者。远方异种，费财费力，而易坏无庸也"。又以五谷为喻，将其上升到学理："五谷人人用之，终身不厌，以其味得中也。若味之稍奇者，此一人好之，彼一人未必好；一时虽好之，久亦必厌矣。道理正如五谷，不中者必不庸也。"又说："学者最怕作怪。孔子一生，平平常常，无一毫崖异，钓弋猎较，苟义理无害，不妨随俗。""古来大儒，皆简易率真。凡好为崖岸者，学未至也。"很明显，申涵光试图以自然为师，破除陆王心学的流弊，探取儒学的原点，以求得正本清源，拨乱反正。这些在尊陆王之学为儒学独门正宗的时代，是会被视为异端的有胆有识之言。

申涵光治学不主张开宗立派，也不愿聚众讲学，既以病罢辞科考后，自觉一身轻快，喜曰："从此可萧然世外矣！"此时的申涵光，无功名利诱，无党争困扰，可以说自己的话，过自己的日子了。魏裔介形容他此时的状态："所谓蝉蜕春融，而游于潇洒自得之天者。"用今天的话说，称得上是个独立思想者。他在享受生活的同时，"砥行砺名"，时时反思生活的哲理，将生活智慧与形而上的义理辨析相融合，一食一衣一物都能开掘出耐人寻味的意趣。他对理学家口中所论述的玄妙空疏无所附着的"道"有自己的理解："道不过子臣弟友、寻常日用。如布帛菽粟，一日离他不得。有一种言之可听，而无裨实用者，总无关于有无，故曰可离非道也。"他言行如一，对自己的文字也当作布帛菽粟一样要求，使"荆园"二语言近旨远，可亲可信，实践性强。他谈走路："行客以大道为纡，别寻捷径，或陷泥淖，或入荆榛，或歧路不知所从，往往寻大道者，反行在前。故务小巧者多大拙，好小利者多大害。不如顾理直行，步步著实，得则不劳，失亦问心无愧。"他谈衣饰："冠履服饰，不必为崖异；长短宽狭适中者可久。""巾服綦履，长短阔狭，互为变更，惟大雅者择中以为矩。"他谈下棋："凡弈棋，与胜己者对，则日进；与不如己者对，则日退。取友之道亦然。"顺治十年夏，暴雨连月，申涵光为父亲恤典一事，冒雨跣行奔京，历经九死一生，《聪山诗选》自序中对此有详细记述。读到这一段回忆，联想《荆园进语》中对心学顿悟之说的嘲讽："主顿悟之说者，常举'欲仁仁至'之语为证，不知此举言人心不泯耳。若实实为仁，尚有无数阶级在。如人一想京师，京师便在眼前；若实实到京，必须束装策骑，早行夜宿，受许多苦而后至也。"可知申涵光的清言，实实在在，一言一语都是从亲身经历中得来。清初大儒孙奇逢称，"《荆园》一编，虽小语，实至语也"，确实当得。

放在清初思想变革的大背景下，纵观申涵光平生交往和敬重的师友，顾炎武、傅山、孙奇逢等，都是名重一时的实学大家。申涵光在其中，以实学的精神写清言，以清言的形式倡实学，推动实学风气进入家常里巷，收到沁心入脾、润物无声的效果，为当时的进步思潮共鼓呼，为后世的颜李学派开启蒙，卓然自成一家，值得我们今天的学界认真研究，做出应有的评价。

清言的中和之气

这是一个真诚的文人。虽然以前对他一无所知，然而，正像作家孙犁先生评论契诃夫时说的一段话："对于像这样一个真诚的作家，我们只要认真地阅读他的作品，便可以全面地理解他了。"阅读申涵光也是这样一个过程，一打开他的著作就觉得真气扑面而来，读下去渐渐就了解了这个人，甚至感到有些地方心气相通，他的文字当中有这种魅力。初读之后，我写了一篇读后感，谈申涵光清言的实学价值，那是很粗浅的一篇短文。后来觉得申涵光的很多东西是需要反复读的，不能仅仅粗读一遍。我就着重读他的《荆园进语》。《进语》是他的晚年之作。《小语》成于五十岁，五十岁至五十九岁这十年间的思考都在《进语》里面。《荆园进语》是申涵光去世后由他的弟弟整理出版的，代表了他晚年思想的精华，其中有很多值得深入思考和反复琢磨的。申涵光的东西，不是一个成系统的著作，像很多哲学家那样建立了自己的体系，而是一些语录，或者随手记下的读书笔记。但是《荆园进语》一百二十二则，很多条目寥寥数语都关乎大文章的题旨，有的一句话就包含着一部书的容量。

我举一个例子，其中有一段话劈头提出"圣学天"三个字，他说"圣学天，天地自然之理，日在目前，但人不潜心耳。四时行焉，百物生焉，正是明明指人以学天。若此略过，虽终日谆谆训诫，亦自不悟，欲无言者，所以深于教也"。这是他研习《论语》过程中的一个体会。有一天，孔子对子贡说，我不想再说什么了。子贡说，那老师你不说我们还学什么、传述什么呀？孔子指指天说，老天何尝说话，四季照常运行，百物照样生息，天又说过什么呢？就是说，你们去看天，自然的无言是更深刻的教育。申涵光从这里面悟出，孔子明明在教人向大自然学习，拎出了"圣学天"三个字。这三个字的分量非同一般，他实际上点到的是对哲学史上一次大论战的反思，就是著名的"鹅湖辩论"，南宋理学界的一场大辩论。南宋淳熙二年，也就是公元1175年，当时的理学大家朱熹和陆九渊兄弟，由吕祖谦邀集，在江西上饶的鹅湖寺举行一场辩论。本来朱陆两家的学说都尊崇二程，以义理为儒学正宗，但在教人之法上大相径庭。朱熹以集注四书起家，自然主张以读经为要，所谓"泛观博览而后归之信"；陆氏兄弟则倡导心学，提出"心明则万事万物道理自然贯通"，主张先发明本心。就是说，真知就在你的心里，把你的心擦亮了，真知自然会显露出来。两家各有信徒，扇风鼓噪，势同水火。结果辩论三天，陆氏兄弟略占上风。陆九渊指问朱熹，你说要读经，圣人之前没有经，又该读什么呢？经又是从哪里来的？朱熹无言以对。"鹅湖辩论"的主要争执点之一就是"圣人的思想从哪里来"，用我们现在的话就是"人的正确思想是从哪里来的"，讲的就是认识论嘛。申涵光对于朱陆两家的学说进行了深入研究，充分吸收了他们两家的合理成分，又摒弃了他们的偏执，所谓"己有所短，人有所长，折中两家，以求一是"。他也看穿了朱陆两家的纷争带有强烈的门户之见。他说："学而不思则罔，章句之弊也；思而不学则殆，心学之弊也。知此，则朱陆门人无事相讥也。"他认为，心学一派是对朱熹的提醒和矫正。实际上，后来朱熹一派门徒流向末路的时候，确实导致章句之学泛滥，读经的过程当中只注重雕章摘句、疏证注释，失去了对四书本质精神的理解。

心学这一派强调了认识的主体——人心，人是要把心擦亮的。但是他反对读经，他认为发明本心就行了，它的后学就演变成了狂禅，向壁而坐，希求顿悟，似乎天天在那儿静坐、默想就能找到真理。这两派实际上是认识论的两个倾向，主观的唯心和客观的唯心。至于说圣人的思想是从哪里来的，申涵光用"圣学天"三个字举重若轻地给出了自己的答案。我们儒学的老祖宗，他们留下的经典并不是自身所固有的，不是生而知之，是通过对自然、对周围的生活环境、对客观世界的观察、理解、体验得出的。我觉得这三个字的分量很重，内涵很丰富。你别看他只是引申了孔子的一句话，这三个字足可以写出一本书来。他把哲学史、认识论上的大题目，很多人纠缠不清的题目一下子迎刃而解。我们不能要求申涵光那个时代提出唯物辩证法的观点，但是他强调圣人不是生而知之，而是"圣学天"，这一点在那个时代是站在思想的巅峰的。我从此对清言不敢轻视了。

这样的话在申涵光的两部清言中很多。他一辈子没有进入过官场，主动退回民间，多次有被推荐做官的机会，他都选择回到乡野。明末清初擅做清言的文人许多是做了官以后不得志，或者是受到官场的倾轧回乡隐居的，申涵光不是这样，乡野是他的生活选择，也是他的思想的一个源泉。他的清言没有林泉之思，不做出世之想，是进取的思辨的。特别是在他的《荆园进语》当中，一段几个字，或者几十个字就点出了一个很透彻的思想观点。所以我觉得他的思想境界不同于当时流行的《菜根谭》那样一派的清言，仅仅是一些生活中的小哲理，教人怎么应对生活当中的难处。申涵光站得更高一些，从形而上的高度来看待问题。他为什么能够在生活当中、在读经过程当中不时得出一些真知灼见？就是得益于他的中和之心。

刚才我说，他能把理学的两大派各取所长。他充分肯定朱熹集注四书的功业，"酌群言而定一是，《集注》之功，真在万世也"。但是他也认为朱熹单纯强调读经，容易走向雕章琢句。他又认为陆九渊的心学理论"亦不可不知"，心学是对朱熹理论的提醒。后来的理学发展确实是走偏了，两派都在走向极端，追名逐利，博取眼球，脱离社会生活的实际，以致走上末路。所以到明朝以后，明末清初思想界有一次大的反思，就是反思为什么理学变成了这样一种样子。

申涵光也就是在这样一个思潮中，充分反思了理学的来路，强调回到儒学的原点。他吸取了不同流派的思想精华，主张"学不可偏，偏则虚实皆有弊"，唯"实以立基，虚以启悟"，才称得上善于学习。他既反对"前者皆非，至我而正"的历史虚无主义，又反对"执己为是，概以人为非"的主观偏执。正是这样一股中和之气，使他能够在清初那样一个天崩地坼的大环境下，保持清正的学术良心。本来在那样的环境中，人是最容易走向偏激或颓废的。由于他长期生活在民间，很少受到官场习气的污染，因此他常常能把民间的日常生活的智慧提升到形而上的哲学理念上来，经常用一些衣饰、饮食的道理来比喻、阐发他的哲学观点。比如，他说"五谷人人用之，终身不厌"，就是说我们吃的粮食终身吃是不会厌烦的。为什么呢？"以其味得中也"，因为它味道不酸不辣不咸不淡，它是无味的。"若味之稍奇者，此一人好之，彼一人未必好之，久亦必厌矣。道理正如五谷，不中者必不庸也"，最后这句话一下子上升到哲学高度了，说道理正像我们吃的粮食一样，不中就不能够普及到大众中去，就不能够长久。这个话非常深刻。这是对于民间智慧的提炼。他善于用粮食做比喻，比如说，"道不过子臣弟友，寻常日用，如布帛菽粟，一日离它不得。有一种言之可听，而无裨实用者，总无关于有无，故曰可离非道也"，这四个字分量也很重，叫"可离非道"，就是说你日常生活能离开的东西就不是道了。这句话把中国传统哲学中道与器的关系比喻得非常恰当。道不是虚无缥缈、神仙追求的东西，道是要用的，是要在实际生活中发生效能的。这一见解非常透彻，这样的比喻非常深刻。他用粮食和衣服来比喻高不可攀的、神秘的道。你每天都要穿衣、吃饭，你吃的饭、穿的衣服就像道一样，如果这个东西能离开那就不是道了，这个话说得非常决绝，也非常切中要害。他还在清言中以服装为喻论及诗的演变，说"诗之日变，如巾服綦履，长短阔狭，互为变更，惟大雅者择中以为矩"。你看，他的论述处处充满了中和之气。

刚才谈到申涵光的诗论，他认为文化，不管是诗、文，还是思想、艺术，应该是社会风尚的调整，这一点也是高明的。他的序跋文字中有一段谈到庄子，他说《庄子》是"救世之书"，这也是庸常文人所不能及的。他说战国时候社会是那么混乱，"倾轧戕矛，激为祸乱，至战国而极矣"。庄子是对这种世道的一种反拨、反思，庄子不是胡思乱想，不是坐而论道，更不是"放诞自恣"。他试图调整这个世道人心，"拂拭尘坌，濯以清冷"，用自己的思想、文字来调整。这种文化观念在当时是申涵光诗作和文字里独有的，也是我们今天值得认真思索的，我们时代的文化也应该重视调整的功能。不要只去倡导偏激，倡导吸引人眼球的文化。今天的很多文化行为，第一位的是要吸引你的眼球。我们的电视、电影、歌曲，甚至包括文学，都是力争在第一时间吸引大众眼球，达到利益最大化。如果创作者、操盘者的本心是放在这个出发点上，仅仅把文化当作一种吸引眼球的商品，这个商品就很可能失去文化属性。说句老实话，我读申涵光的著作时，对这一点是深有感触的，他是把文化放到了一个调整的位置上。恶恶为善。为什么恶恶为善呢？这种"恶"需要调整，疾恶如仇，化恶为善，达到中和。所以说，我们时代的文化需要把调整功能发挥到最大，而不是娱乐至死、金钱至上，需要保持文化的独特属性。这个是申涵光给予我们的深刻启示。

文学地理（七则）

手泽的气息

这些年和西北地区的作家交流比较密切，他们的作品常常引起我的阅读兴趣。实际上，不只是西北地区，文学被边缘化的现实，反而使处于边远地带的作者，少了一些遮蔽，得以更有力地发出自己的声音。相比之下，他们的文字更纯粹一些，读起来有着别样的气息。

在近十年里我去过四次宁夏，这个被黄河爱着的地方，是西部面积最小的省级行政区划单位，却有着丰富多样的文化积存：贺兰山的岩画，须弥山的石窟，丢失了历史的西夏王国遗迹，掩埋在沙漠中的秦汉长城。在贺兰山口，听一位考古的年轻人说起，一万年前，这里曾经是世界的中心。其实，在地理上的"世界"概念尚未出现之前，人们都会把自己生存的土地当作中心。而在这如今荒凉峻厉的山地和草原上，曾经活跃着我们远古的祖先，应该是确切无疑的。地质学家实地考证过，黄河在几十万年以前就通过了宁夏，贯通了这里的湖泊和沼泽。有了黄河之水的银川平原和卫宁平原，成了富庶的宝地；远离黄河之水的西海固，成了干涸贫瘠的代名词。没有哪里比在宁夏更能体味到黄河母亲的恩泽，由此也形成了宁夏多元的社会生活与文化风情。

在新疆红其拉甫口岸（2007年）

宁夏的作家是得天独厚的。他们中的许多人都是在西海固长大，凭着一支笔闯到银川。文学和他们命运的走向紧紧连在一起。生活纵使发生怎样的变化，他们的根还是留在远方的故乡，"故乡的烙印才是人生最大的财富"。无论写什么，他们的文字中总是留有根的意象，土地的意象。"在乡村，人们都与祖先生活在一起。"翻读宁夏作者的散文时，我突然想起了这句话。季栋梁的散文，我在2004年编辑《人口手》一书时已经熟悉了。他信奉"只有自己亲历的东西才是真正的东西"，认为"人类的一些基础知识往往是从身体力行所得来"。《上庄记》是他的新作，依然是往日的乡村记忆，提炼得更用心，仿佛急迫地要留住些什么。梦也是从写诗进入散文的，以《边界》为总题的散文写作已持续多年。他似乎是在摸寻现实与臆想、感觉与幻觉，抑或是可知与未知之间的界限。有了边界就有了空间，就有了生长想象的土地。他的文字始终在摸索，读来有些恍惚。阿舍的血脉根系纠结，一支伸向湖南，一支伸向新疆。当她把自己的根扎向宁夏时，她的心灵和文字就在路上了。她以写作来追寻，既向着终极的信仰，也向着现实的慰藉。"最深的欲望只是简单的相伴"，也许，"追寻"就是她在路上最好的伴侣。第一次读到刘汉斌的散文，像是品尝直接从地里摘到的瓜果，上面还留有种瓜人的汗渍。它使我记起古籍中的"手泽"一词。"父殁而不能读父之书，手泽存焉尔。"我们的土地上，哪里没有先辈汗浸血洇的痕迹，哪一处不留着先辈砥砺劈斫的手泽，可惜在大规模工业化、现代化的浪潮中，手泽的气息越来越淡薄，甚至这个词都很少读到了。阅读宁夏，以及一些边远地区的散文，所能够感受到的别样的气息，应该就是这手泽的气息吧。这是值得珍惜的。

青海的时间

青海是我仅有的两个尚未去过的省之一。编这一组青海散文就有一点私心，希望能通过青海作家笔下的文字，读到真实的、细节的青海。以前对青海的了解，多是通过旅游者的转述。这几年去过青海的人多了，空气新鲜的地方，给人的印象也是新鲜的吧。舞文弄墨的游人到了这样的地方，难保不手痒，以至于青海湖、塔尔寺、可可西里，这些高远的名字无数次被书写、传播，知名度几乎可以和九寨沟、张家界、少林寺这些旅游品牌相媲美。一个地方出了名，总要被油彩一层又一层反复涂抹过，真实的生存状态反而被遮蔽在喧哗下面，鲜为人知。扎根是要向下用力的，我想，青海本土作家的文字是向下用力的，那应该是些刺破表层深入内里的文字。

通过散文，一下子结识了六位文友，在我是难得的收获，更难得的是，这里的文字没有时下的潮流风、仿制气，无论高低深浅，他们都力图发出自己的声音。马钧的《可可西里的秋云笼罩在疾驰的车窗》，乍一看是写高原的空旷之美，内里深藏着对于现代文明下人的精神何以自处的思考。当全世界的奢侈品巨头都把目光投向中国的时候，是该想一想，明天的奢侈品可能就会是空旷和新鲜空气。十年前，新世纪开始的时候，马钧曾祈愿说："在未来，人们是不是应该更多地考虑一下让自己的心灵拥有更加宽裕自如的时间和空间？"十年后，他深化了自己的思考，而且把感性、诗意的描述和理性的洞见交织在一篇散文里，展现了激情和思想的握手言欢。海轶的散文始终把自己作为广大世界的一部分。他的河谷地带宛若他的精神脐带，通过对于河谷地带的独有记忆，让自己的内心始终保持着与生命根脉的血肉联系，这种联系使他在庸常中发现细节的灵光，也使他的文字带有寓言式的悲悯。梅卓在表现阿斯女神节的气氛时，掌握了节奏的魅力，徐徐、悠悠、漫漫、静静，庄严的仪轨传达着慈悲的信念。在这种氛围中，阿斯女神那与生俱来的使命感读来令人动容。肖黛的选材独具慧眼，面对众人瞩目的青海湖似乎无动于衷，湖边的一个小村庄却不邀而至，来到她的笔下。一次偶然的相遇，一个平常的农家孩子，如此深地击中了作者内心最柔软的部分。也许是小马宽发自童稚之心的向往，点燃了她久埋心中的思考：人的价值究竟依附于什么？散文就是这样的奇妙，眼前和古远，此岸和彼岸，一个和无数，卑微和高蹈，可以在倏忽间转换、融合。当看到作者和小马宽像老朋友一样手牵了手，在窄窄的村道上走着，我的眼前是辽远的星空，是青海独有的空间和时间。说到青海的时间，马钧的文字可谓体悟入微，只一个望云的细节就将"飞矢不动"的可可西里，从数千年传统文化中划出，"我在可可西里望云，心里空荡得没有可怀之人"，"时间在这里奇妙地失去了指针"。同样，唐涓笔下的花土沟，江洋才让笔下的印经板，海轶笔下的河谷地带，梅卓笔下的女神节，细读下来无不渗埋着青海的时间。时间是文化的载体，也是个人生活习性、精神取向的载体。新疆作家刘亮程写过一篇《新疆时间》的散文，他说："新疆给了我一种脱离时间的可能，一直向后走的可能。"在这个小辑里，也许正是写作者对于青海时间的坚守，使他们的文字得以与流行的、浮泛的世界维持适度的警觉和距离，保有独立的品格。

西部以西

对于我来说，没有去过的地方，都是好地方；去过了，还想再去的地方，就是最好的地方。新疆，先后去过三次。每去一次，都能发现更多再去的理由。其实，这理由倒是越来越朦胧了。开始，目标很明确：去看天山，去看喀纳斯湖，去喀什访古、和田寻玉。去了，看了，寻到了，也结识了新的朋友。朋友，成了再去的理由。一而再，再而三之后，我发现，真正吸引我的，是新疆的气息，是产生这气息的生活方式。正像李娟写的，那是"一种古老的、历经千百年都没有什么问题的生活方式。它与周遭的生存环境平和相处，息息相关，也就成了一种与自然不可分割的自然了"。

新疆的散文就是在这样的生活土壤中生长起来的。这是还没有被反复的文化书写所遮蔽的、亮着本身质地的生活，就像胸无城府、不懂得掩饰的孩子。文字也就或隐或显地带有童真的气息。李娟写的就是夏牧场上的孩子们，小女孩库兰，"不管问她什么，嘴巴一张，就只知道笑，笑得又实在又坦率"；沈苇笔下的刀郎艺人阿不都吉力，"弹琴时开心得像一个小孩子，感到房前的树木，地里的麦子，还有院子里的动物，都是自己的听众"。陈漠笔下的骆驼，"昂首看人的无辜而谦卑的样子叫人忍不住想哭。你会觉得它就是一个天真烂漫的孩子"。就连刘亮程笔下夏尔希里的草，王族笔下帕米尔的旱獭，都是有些孩子气的。多么严酷的环境，多么庄肃的题旨，一染上童心，就会豁然开朗，兴味无穷。特别要推荐叶尔克西的《永生羊》，这是作者和绵羊萨尔巴斯，两个孩子之间的悄悄话，亲昵，信任，默契，纯真中闪着神性的光。

我曾注意过喀什老街上的手工作坊，那些打铁的、制陶器的、做铜壶的匠人，甚至缝衣铺里的姑娘们，看上去都一副漫不经心的样子，手上的活计却专注而细致。狭小的空间并不拥挤，不论顾客多少，从无喧嚣之气。舒缓，散漫，洁净，自足，这气息和散文是相通的。你很难想得到，离这样的生活场景不远处，东面就是黄沙极目的塔克拉玛干沙漠，南去则有冰山群耸的帕米尔高原。你会感叹，新疆真是不可思议。"文似看山不喜平"，新疆就是造化成就的一篇大散文。

这些年，去新疆的人多了，写新疆的文字也多了。新疆太大太丰富了，游历的人随便拾一朵花，摘一片叶子，都能敷衍出文章来。生活在新疆的作者还是从容做着自己的活计。他们笔下的散文是果实，产量不高，却结实，饱满，多汁多肉。他们知道语言的局限，在无力抵达的地方，语言会苍白。他们总是写具体实在的人和事，在细节的提炼上颇见功力，从眼前通向辽远。

平实的力量

读到这一组湖南作家的散文，我正在整理退休时带回家的一大堆书信、存稿，这里面就有李健吾先生1982年译的几段法国散文。当年筹划出版外国散文丛书，李先生热心扶持，首先提出译拉布吕耶尔的散文，并很快寄来几段样稿。可惜译事刚刚开始，先生猝然病逝，留下了永久的遗憾。我由此认识了这位17世纪法国独具风格的散文家。拉布吕耶尔一生独居，性格沉郁，在世五十一年，只留下一本薄薄的《品格论》，却在法国文学史上产生深远影响。他为文简练，用词准确，言语峭利，主张一个字要有一个字的分量。对于那些惯于以空话大话唬人的写作者，他尖刻地指出：你们这些说谜语的人，少一样东西，就是才情；你又有一样东西太多，就是你比别人才情都高的见解。他告诫说："不要想到你有才情，你根本没有。这才是你的角色：可能的话，用简单的语言，就像那些你认为没有任何才情的人用的语言一样，这时也许有人相信你有才情。"

对湖南的散文我并不陌生，编《散文》月刊时，湖南作者的来稿量总是排在全国前列。这几年虽然看得少了，对于谢宗玉、陈启文、沈念，这些比较活跃的作者还是关注的。这一次经小谢推荐，结识了几位新的文友，对湖南散文有耳目一新的感觉，即使是熟悉的作者，文字也有或多或少的变化。他们的散文，虽然各自的表现方法和题材不同，却都写得平朴、实在。陈启文写同乡的拾荒者，谢宗玉写家族的隐痛，刘先国写冬天里铺满山地的草花，都是日常生活状态下的叙述。他们的情绪和思考潜蛰在平淡无奇的家常叙述之中，全然是一副从容不迫直接抒写的自然态度。即使像易清华的《跟踪突如其来的鸟群》这样写非常态的有些神秘意味的心灵感受，也还是以平常心出之，状态的过渡自然而然，顺理成章，毫无炫奇弄巧之态，倒衬托出我们每天习以为常的生活状态有些不自然。奇怪的是，这样平铺直叙、波澜不惊的文字，更耐得住细读，而且细读之下能感受到一股真切平实的力量，竟有些惊心动魄的感觉。这就是散文的妙处了。常在想，人们在诗歌中寻找激情，在小说中享受故事，在散文阅读中，读者又期待着什么，或者说能够得到什么呢？大约就是这真切的平实的力量了。古人虽有言，文似看山不喜平。那山的起伏跌宕却是自然形成的变化，并非人为雕琢堆砌所致。刘勰在《文心雕龙》中说："率志委和，则理融而情畅；钻砺过分，则神疲而气衰。"可见自然的放松的心态是散文写作的最佳状态。谢宗玉曾形象地说："我希望自己在散文创作时，全身每一个细胞都是躺着的，都像在湘水足浴洗脚时那般放松。我要用最简洁的文字表达我卑微的人生。"而写作毕竟是人力所为，并非造化天成。篇章的构思，词句的选择，都是要下功夫的。散文在语言上又有着更高的追求，这一切都要求写作者在平时的积累与修炼上把功夫做足，进入写作时则应以不逞才、不伤自然为原则。正像拉布吕耶尔所主张，"用简单的语言，就像那些你认为没有任何才情的人用的语言一样"，这样的道理古今中西概莫能外，似乎并不限于写作。大而言之，为文不逞才，为官不弄权，有顺乎自然之心，无嚣张邀宠之气，方合乎天道人道，社会也就多一些和谐安宁的气息吧。

散文的体贴

在甘肃、宁夏一带，看到过两种长城。一种修整一新，巍峨壮观，每天引来游人仰望。一种残破颓败，荒草簌簌，只有瘦瘦的羊儿在上面觅食。两种长城像是生而平等却境遇完全不同的两个人，他们都叫长城。我说不清他们哪一个更接近历史。严格地说，完全不同的他们，连在一起才是长城。

也许这就是历史吧！风雕霜蚀，面目全非，是一面；千秋不易，古今相通，是另一面。

我喜欢读甘肃作者的散文。他们的文字，常带来一种悠远绵长、山高水曲的感觉。这是一种历史感，就像登长城极目远望。有意思的是，这种感觉和作者选取的题材、使用的手法没有多少关系。那么，是某些细节触发了历史的想象，抑或是文字的沧桑引起审美的共鸣？我想找出产生这种感觉的根由，终究不着边际，未中肯綮。阅读，特别是散文的阅读，真是一个奇妙而复杂的心理过程。文字带来的联想往往横生枝节，偏不沿着写作者执笔时的愿望发展。然而，写作者的态度总是明明白白地站在文字中，决定着读者投以信任或不屑的目光。此次编选甘肃作者的散文小辑，连续读了一些作品，本来有些模糊的想法渐渐清晰成两个字：体贴。也许正是由于作者对于写作对象的体贴，使这些风格、题材各不相同的文字，呈现出共通的历史感。

体贴，设身处地，将心比心，推己及人，由人及物，生命的传递、交融与欣赏。无知无觉的时间，可以被体贴成有温度的日子；陌生隔膜的历史，可以被体贴成能够与之对话的知己。离开体贴，铁穆尔笔下的罗布藏皂布老人，不可能在纷杂的历史中被呈现得如此澄明从容，白雪黑夜，满纸灵性；离开体贴，孙江笔下的父亲至多只是血缘上的亲人，不会有一夜醒悟，相知至心。同样，缺少体贴万物的情怀，习习不会体味到品蜜时的谦恭、拒绝中含着的念想，不会从农家习见的空瓶子上发现几生几世的平静安详。历史更需要体贴才得以进入文学。王若冰的体贴不只画出公元759年的杜甫，那在挫磨为诗圣的路上踟蹰凄苦的背影，也为自己生活的城市生出怜悯。体贴不只是对外部世界，也包括对自己内心世界的体贴。没有在夜深人静时听到过心底声音的人，往往与自己形同陌路。杨永康、马步升，就善于倾听内心的声音。他们的文字有着自己的节律，体恤、珍惜内心世界的柔软。阳刮听得到博物馆里文物的私语，发现生活在上面留下的痕迹；沙戈在自己生活的方圆一里地界，"看到时间缝隙处比缓慢更缓慢的致命擦痕"，都有赖于一颗体贴的心，眼为心之苗。凡有发现，必自心生。其实，体贴是人的心性。西北一带民间，不图任何回报的体贴，已蔚成根脉深久的民风，甚至远在闽浙山区，祖上从西北迁徙来的客家人聚居乡里，随处能感受到体贴的暖意。浸润在这样的民风中，写作者有福了。体贴会给文字带来魔力，弥合心与心、此岸与彼岸的距离，发现个别，通向一般。正像两种不同的长城，在断裂中趋向完整。

变革的散文

山西是我的祖籍。对于山西作家的散文，我有一种特殊的感情，却谈不上熟悉。这十年来，山西的散文变化太大，我的阅读总是赶不上变化。同辈作家中，20 世纪 80 年代，我编过韩石山的散文。老韩是我的乡党，文字亦得传统散文的真传。不料进入 90 年代，这位老兄以散文为武器，杀进文化批评，很是往文坛扔了几块石头，令我刮目相看。后来编《中外散文选粹》，读到锐锋的《马车的影子》，暗自惊讶这样的另类文字竟出自山西。在 90 年代的散文嬗变中，锐锋是自觉的探索者。他曾说，"历史隐蔽在生活里"，他以揭开这隐蔽为己任。从《祖先的深度》到《算术题》，再到今天的《避暑山庄随想》，写法多有变化，思想是越发锋利了；乔忠延的散文，我是很早就读的，乡情乡事写了十多本集子，自《尧都土话》之后，转向民间语言研究，文风也为之一变，透出些调皮的味道。到了聂尔、玄武、阎文盛这一辈，因袭的重负少些，生活的压力更大，开笔就要面对市场经济大潮，没有顽强的个人路数，是很难挣扎出来的。这些都使山西散文的格局，呈现出难得的多样。

山西是中华文明发祥地之一。自三皇五帝始，历朝历代都曾在这块土地上，留下深深的印记。"地下（文物）看陕西，地上（文物）看山西"，并非广告语言。近几年被炒得发紫的"大院文化"，不过是其中较晚近的一个角落。以文学论，王勃、王维、柳宗元，都是开一代文风的角色。走进山西农村，普通农家的楹联，巷道残存的碑文，都透着深厚的底蕴。我老家晋南一带，老辈人习常的口头语，多是正宗的文言。如此深厚的传统，也会转为负担，长期给山西带来"保守"的名声。其实未必。保守与否，往往是当政的需要。传统的板结，固然不利于新生，翻动起来，却是孕育幼苗的沃土。明末清初的傅山，是山西土生土长的思想家，也是力倡创新的改革家，在一片"文必秦汉，诗必盛唐"的复古声中，喊出"文若为古人做印版，尚得谓之文耶"，空谷足音，成一家之言。

文章之变，自有其规律，不是扯旗放炮、擂鼓助阵所能奏效。探索的路上，自生自灭是常态，也必有一些散播开来，沉潜下去，蔚成一片别样的绿茵。愿山西的散文，当如是。

散文的转身

我对福建是有感情的，这缘起就是散文。第一次赴闽，在1978年秋天。动乱刚过，百废待兴，一度被江青摘掉牌子的百花文艺出版社，此时正酝酿复社。"百花"以出版散文为特色，福建素有"散文之乡"的美誉，领军的郭风、何为二老，是全国有影响的散文家。我受命南下当面征询他们对"百花"复社的意见，并组稿。那几天，从黄巷到鼓山，聊得痛快。二老建议"百花"复社后，除了延续"小开本"散文的传统，还要有所创新，最好办一份全国性散文期刊。这一建议和多方面的集思广益不谋而合，直接促成了《散文》月刊的创刊。以郭老为首的福建作家，也编起了"榕树文学丛刊"，主要发表散文新作。南北呼应，极一时之盛。

　　20 世纪 80 年代是值得怀念的。这个小辑中，章武和文山都是 80 年代初开始写散文。他们编的《福建文学》，每年刊发一期散文专号，已延续了二十多年，成为特色。共同的爱好，使我们心存默契。章武喜好登山，有两次在外地偶遇，说不上几句话，就奔山而去。他曾立誓登一百座山，写一百篇关于山的散文。退休前，章武完成了这一心愿。《左脚·右脚》以特殊的方式延续着他对山的怀恋。文山的散文，早期致力于记游，这些年转向历史。2006 年在涵江，读到《历史不忍细看》，为文山找到自己的切入点而欣慰。《从苏堤上走过》是这一条"何妨细看"路上新的收获，故事中梳理出新意，"透过发黄的卷宗触摸一次历史曾经跳动的脉搏"，读来舒服。中国传统文化中，天地造化和世事沧桑是相通的，由此演化出地理历史的大思路。古文中，杜牧的《阿房宫赋》、李格非的《书洛阳名园记后》，都是从方舆入笔，论辩兴衰，成传世之作。读南帆的《站在福州的阳台上眺望》，感觉到文脉相承的气息。"从历史的后排一跃而成为先锋"的福州，"开始缓缓转过身来"的中国，被作者举重若轻地呈现在读者面前。结尾几句，在宏大的历史背景上，抹下一缕私人的色调，堪称妙笔，也和古人的文字划出了界限。南帆以文学评论家的身份进入散文，我们的几次相遇都是在作品讨论会上。他 20 世纪 90 年代初出版随笔集《文明的七巧板》，以寓意分析的文本形成特色。在享受分析的快乐时，他冷静地察觉，分析无法抵达抒情，思无法抵达诗。今天的南帆应该不会再有这样的苦恼。这也是一个漂亮的转身。

朱以撒的散文，在空间感上有独特的悟性。"向上"、"张开"，题目代表着作者的关注点。这得益于他的书法造诣。"我通常用书法创作之理来审视散文创作，同是心理流程的产物，虚实浓淡，章法都是一样的，我就是用书法的布局来解决散文的结构。"这是经验之谈，实践起来，还离不开长期读帖训练达致的观察力。以撒说："散文创作是我心情怡悦时的一种表现。"阅读以撒的散文，总是会在怡悦中得到智慧的启迪。同样的智性，在黎晗的文字中表现得灵动。未识时，读黎晗散文，如面对沉稳长者，若丰子恺、废名之辈，相见竟是毛头小伙儿。只有感叹一声"后生可畏"。黎晗长于小说，偶有散文，别见生趣。活泼泼的家常琐事，被雅致的口语调理得这样熨帖，也是难得的。

丹娅和小山不约而同地为我们呈现出各自心目中美好的女性形象，轻声慢语的述说透着自豪。印象里，丹娅还是二十年前大学生的模样，文字却安静许多。岁月在文字中留下的痕迹，也许比在体貌上要重。经过为人师为人母的淬炼，女孩儿心怀沉下来，情感内敛了，平淡而更清晰地表达着自己的内心归属。这样的文字耐读。小山的作品读得少，她是福建作家中的"移民"，地域文化的差异，也许会给她带来独特的视角。我们期待着。对于经历着"转身"的福建，期待，应该是最好的祝愿。

小 跋

　　喜好读散文是在 20 世纪 60 年代初从军时。我是大学中途被征召入伍，大学读的是工科，一到连队就和学业绝缘了。部队在大山里施工，紧张而单调的生活需要精神调剂，恰好碰上了散文，每月菲薄的津贴除了积攒一些寄给家里，几乎都付于邮购。那时没有网淘，邮购就是直接写信找出版社填单买书，一来一回至少要个把月，每当有出版社的邮包寄来就是我的节日。"文革"前百花文艺出版社的小开本散文，作家出版社的一套名家散文，出一本买一本，差不多配齐了。在我的人生经历中，那段艰苦岁月能安然度过，要感谢这些散文的相伴。

　　自己真正动笔写散文，已是十多年后，命运安排我退伍进了百花文艺出版社，参与创办《散文》月刊。由于起步晚，写得少，过了不惑之年才出版第一本散文集，书名《落花》，多少有一些暗示，人生最好的年华过去了。钱锺书先生看了《落花》的自序，特地写信来提示我，《离骚》古注中，

"落"是"初"、"始"之意，并说"此诠大可移赠"。先生的心意我明白，我后来写了《生命在于开始》，也是在给自己打气。终究写作的心气高不起来，从没奢望达到营养过我的那些作品的境界。当时心中暗许，余生能有三本书足矣，就以"落花"、"流水"、"春去"为题，也不失圆满。此次柳鸣九先生挂帅主编"本色文丛"，邀我加盟，原想将《流水》之后的文字编成一书，以了此愿，唯平时写作缺少章法，散散漫漫，编起来要花些功夫。正好柳先生转达出版社的宗旨，希望出一本选集，我自然乐得从命，遂将《流水》中的文字选了一部分，旧文新作一起混编，以述情、记游、念人、读书分为四辑，书名用了其中一篇的题目，于"春去"之意，也还暗合。

"本色"二字，甚合我心。"本色"即真，唯真立诚，散文的灵魂就在一个真，为文的真和为人的真的统一。现代社会物我多隔，本色尤为难得。既然走上文字这条路，只有勉力追求，也不负倡导、主持"本色文丛"诸君的劳动。